「怪盗《かいとう》アルセーヌ・ルパン」の世界《せかい》へようこそ!

怪《かい》盗《とう》アルセーヌ・ルパン
813にかくされたなぞ

作《さく》／モーリス・ルブラン
編著《へんちょ》／二《に》階《かい》堂《どう》黎《れい》人《と》　絵《え》／清《きよ》瀬《せ》のどか

Gakken

事件《じけん》ナビ

この本《ほん》に出《で》てくる事件《じけん》を
しょうかいしよう!

「813」「APO《アポ》 ON《オン》」という暗号《あんごう》にまつわる物語《ものがたり》

この暗号《あんごう》には、
とんでもないひみつが
かくされていた!

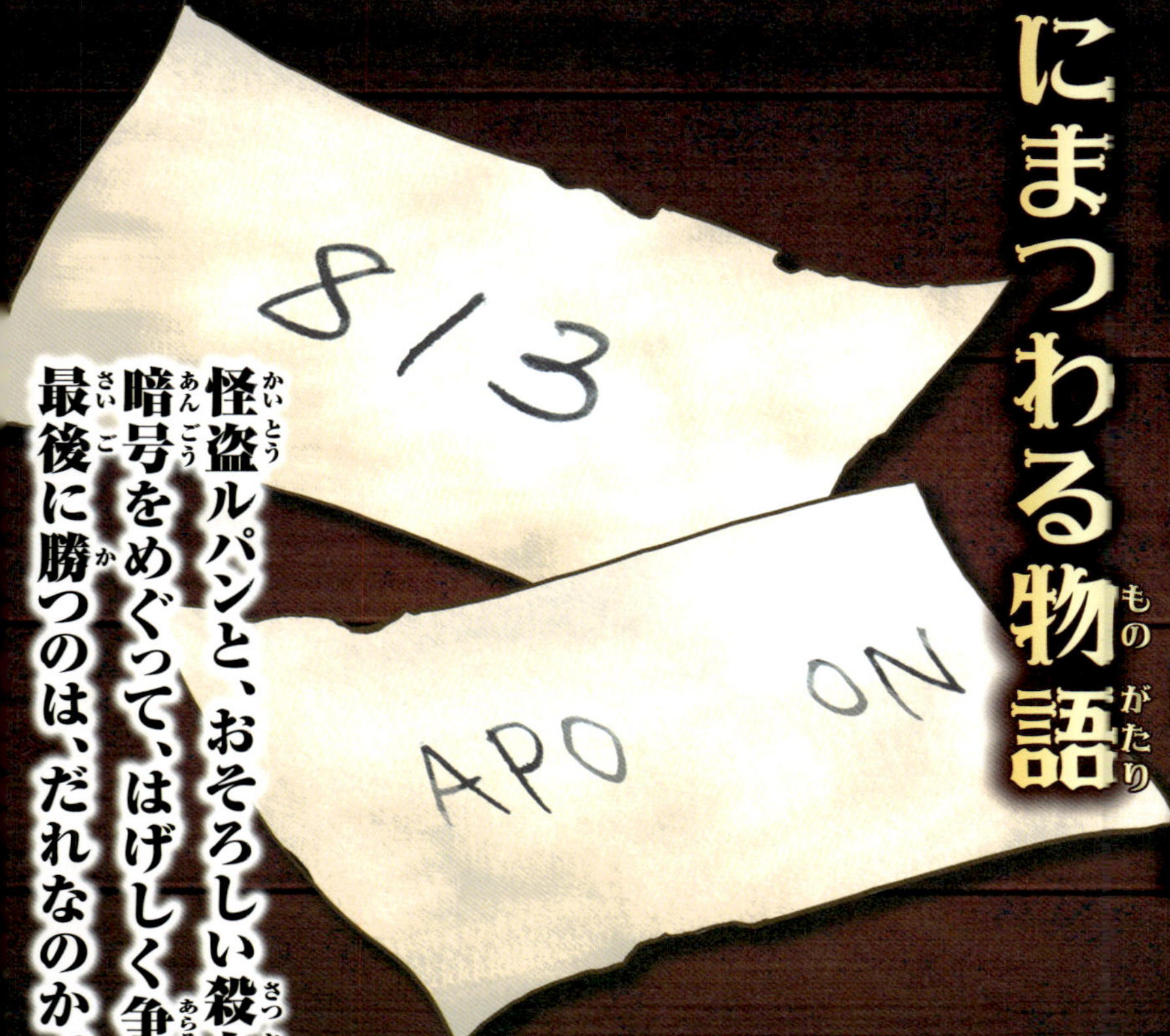

怪盗《かいとう》ルパンと、おそろしい殺人鬼《さつじんき》が、
暗号《あんごう》をめぐって、はげしく争《あらそ》う!
最後《さいご》に勝《か》つのは、だれなのか。

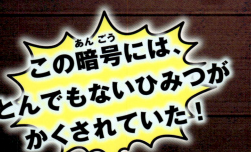

ぼくの華麗《かれい》なる変装《へんそう》も、楽《たの》しんでくれたまえ。ルパン

物語《ものがたり》のころのヨーロッパ

この物語《ものがたり》は、1910年代《ねんだい》を設定《せってい》して書《か》かれたもの。このころ、ヨーロッパの国々《くにぐに》は、領土《りょうど》を広《ひろ》げようとしていて、フランスとドイツも、いつ争《あらそ》いが起《お》きてもおかしくないじょうきょうだった。そういった背景《はいけい》で、この物語《ものがたり》も書《か》かれている。1914年《ねん》には、第一次世《だいいちじせ》界大戦《かいたいせん》が起《お》きて、フランスとドイツは敵国《てきこく》として戦《たたか》った。

物語《ものがたり》に登場《とうじょう》する、実《じっ》さいにいた人物《じんぶつ》

ナポレオンや、とくちょうある「カイゼルひげ」が有名《ゆうめい》な、ドイツのカイゼル皇帝《こうてい》など、歴史的《れきしてき》に名《な》をのこした人《じん》名《めい》が登場《とうじょう》する。

ナポレオン(ナポレオン1世《せい》)

1700～1800年代《ねんだい》のフランス革命時《かくめいじ》期《き》の軍人《ぐんじん》。のちにフランス皇帝《こうてい》となる。

最後《さいご》までドキドキのミステリー、読《よ》んでみてね。

もくじ

※この本《ほん》では、児《じ》童《どう》向《む》けに、一《いち》部《ぶ》登《とう》場《じょう》人《じん》物《ぶつ》の設《せっ》定《てい》やエピソードを変《へん》更《こう》しております。

1 ダイヤモンド王《おう》

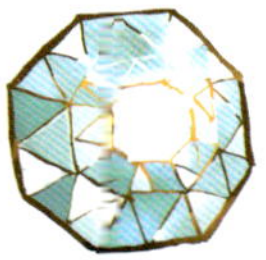

「——チャップマン、まだだれかが、この部屋《へや》にしのびこんだぞ。」
実業家《じつぎょうか》のケッセルバッハ氏《し》が、不安《ふあん》そうに秘書《ひしょ》にいいました。
ここは、フランスのパリにある、ごうかなホテルです。ケッセルバッハ氏《し》は、ある仕事《しごと》のために一週間前《しゅうかんまえ》にパリにやってきて、このパリス・ホテルの最上階《さいじょうかい》の部屋《へや》をすべてかりきっていました。
ケッセルバッハ氏《し》はドイツ人《じん》で、ダイヤモンド王《おう》とよばれています。*南《みなみ》アフリカに、ざくざくダイヤモンドがとれる、大《おお》きな鉱山《こうざん》を持《も》っていて、まだ三十歳《さい》なのに、たいへんなお金《かね》持《も》ちでした。

秘書《ひしょ》のチャップマンは、首《くび》をふりました。

「だんなさま。気《き》のせいではありませんか。今《いま》、わたしたちが入《はい》ってきたときには、ちゃんと、ドアにかぎがかかっていました。それに、ほら、見《み》てください。まどだってしまっています。」

＊南《みなみ》アフリカ…現在《げんざい》の南《みなみ》アフリカ共和国《きょうわこく》のこと。アフリカ大陸《たいりく》のもっとも南《みなみ》にある。

「しかし、だれかが、この部屋《へや》に入《はい》ったのは、まちがいないぞ。ほら、かばんも、だれかが中《なか》をあさったようだ。きのうは、つくえの上《うえ》の書《しょ》類《るい》が、みだれていた。

そいつは、おれの大事《だいじ》な物《もの》をぬすもうとしているか、ひょっとしたら、おれの命《いのち》をねらっているのかもしれない。」

「それでは、用心《ようじん》しましょう。ホテルの支配人《しはいにん》に、警備員《けいびいん》をろう下《か》に立《た》たせるよう、たのんでおきます。」

「ああ、そうしてくれ。それから、警察《けいさつ》にも助《たす》けてもらおうか。パリ警《けい》視庁《しちょう》へ電話《でんわ》してくれ――。」

話《はな》している間《あいだ》に、不安《ふあん》が、ましたようです。ケッセルバッハ氏《し》は、すぐさま、秘書《ひしょ》に電話《でんわ》をかけさせました。

「――だんなさま。ガニマールという警部《けいぶ》が、来《き》てくれるそうです。ガニマール警部《けいぶ》でしたら、フランスでも一、二をあらそう、すぐれた刑事《けいじ》として有名《ゆうめい》です。長年《ながねん》、怪盗《かいとう》アルセーヌ・ルパンをつかまえようと、がんばっていますから。」

と、受話器《じゅわき》をおいたチャップマンが、いいました。

「そうか。それはよかった。

では、ガニマール警部《けいぶ》にたのんで、おれをねらうやつをつかまえてもらおう。」

ダイヤモンド王《おう》は、満足《まんぞく》そうにうなずきました。

アルセーヌ・ルパンといえば、フランスだけでなく、ヨーロッパじゅうの人《ひと》が知《し》っている、大《おお》どろぼうです。

変装《へんそう》の名人《めいじん》で、どんな人《ひと》にもなりきり、警官《けいかん》が大《おお》ぜい見《み》はっているような場所《ばしょ》へもしのびこみ、ねらった物《もの》はかならず、うばっていきます。悪《わる》い金持《かねも》ちばかりをねらって、まずしい人《ひと》や子《こ》どもにはやさしいので、〈怪盗紳士《かいとうしんし》〉とよばれていました。

ですが、一時期《いちじき》は、毎日《まいにち》といっていいほど新聞《しんぶん》をにぎわしていたルパンが、なぜか、ここ二年《ねん》ほどは事件《じけん》を起《お》こすこともなく、*なりをひそめていました。

*なりをひそめる…活動《かつどう》を止《と》めて、じっとしている。

さて、ケッセルバッハ氏《し》は、いらいらしながら、かべにある大《おお》きなかがみを見《み》ました。そこには、自分《じぶん》の顔《かお》がうつっています。目《め》は青《あお》くて、黒《くろ》い口《くち》ひげを生《は》やしています。

（もしや、おれが計画《けいかく》している大《おお》きなひみつに、だれかが気《き》づいたのか。それで、おれの部屋《へや》にしのびこみ、いろいろとさぐっているのではないか……。

……だが、ぜったいに、このひみつがもれてはならない。この計画《けいかく》がうまくいけば、おれはダイヤモンド王《おう》どころか、一国《いっこく》の王様《おうさま》になれるんだ。たいへんな力《ちから》をにぎれるのだから。

そのためにも、用心《ようじん》に用心《ようじん》を重《かさ》ねるのだ。ゆだんはできないぞ。）

心《こころ》の中《なか》で、そう自分《じぶん》にいいきかせたケッセルバッハ氏《し》は、ふりかえって、秘書《ひしょ》にたずねました。

「――チャップマン。そういえば、ドロレスはどこだね。」

「おくさまは、メイド*といっしょに、デパートへ買《か》い物《もの》に行《い》かれています。」

「また、たくさんのドレスや指輪《ゆびわ》を買《か》って、ぜいたくをするわけか。ドロレスにもこまったものだ。おれのさいふに、金《かね》がいくらでも入《はい》っていると、かんちがいしているのだから。」

大金持《おおがねも》ちなのに、妻《つま》のお金《かね》のつかい方《かた》に細《こま》かいケッセルバッハ氏《し》は、しぶい顔《かお》をしました。

ケッセルバッハ氏《し》と、わかい妻《つま》のドロレスは、まだ結婚《けっこん》して、三か月《げつ》ほどでした。

*メイド…主人《しゅじん》の身《み》の回《まわ》りの世話《せわ》をする、女性《じょせい》の使用人《しようにん》。

オランダ人《じん》のドロレスは、*1アムステルダムの*2オペラ劇場《げきじょう》で、歌手《かしゅ》をしていました。ケッセルバッハ氏《し》は、そこで美《うつく》しいドロレスを一目《ひとめ》ですきになり、妻《つま》にしたのでした。

「まあ、しかたがないか。」

ケッセルバッハ氏《し》が、ため息《いき》まじりにいったときでした。電話《でんわ》が鳴《な》り、秘書《ひしょ》が受話器《じゅわき》を取《と》りました。

「――だんなさま。バルバルー大佐《たいさ》が、ホテルの受付《うけつけ》に来《き》ているそうです。」

「そうか。だったら、すぐにむかえに行《い》ってくれ。大事《だいじ》なお客《きゃく》だ。それから、バルバルー大佐《たいさ》がいる間《あいだ》は、ほかの者《もの》には会《あ》わん。だれも部屋《へや》には入《い》れないように。」

*1アムステルダム…ヨーロッパの北西部《ほくせいぶ》にある国《くに》、オランダの首都《しゅと》。　*2オペラ…音楽《おんがく》に合《あ》わせ、歌《うた》いながら演《えん》じる劇《げき》。

というケッセルバッハ氏《し》は、さっきとは打《う》ってかわって、うれしそうな顔《かお》でした。

じつをいえば、ダイヤモンド王《おう》は、探偵《たんてい》の仕事《しごと》をしているバルバルー大佐《たいさ》に、あることを調《しら》べさせていました。そして、その報告《ほうこく》が来《く》るのを、ずっと待《ま》っていたのでした。

「ガニマール警部《けいぶ》が見《み》えたら、どうなさいますか。」

「バルバルー大佐《たいさ》との話《はなし》が終《お》わるまで、一階《かい》のロビーで待《ま》っていてもらおうか。」

ケッセルバッハ氏《し》は、にこりとしながら、書《か》き物《もの》づくえにすわりました。

＊打《う》ってかわる…がらりとかわる。前《まえ》のようすやたいどと、まったくかわる。

2

見《み》知《し》らぬ男《おとこ》

ケッセルバッハ氏《し》は*葉巻《はまき》をすいながら、仕事《しごと》の書類《しょるい》を、引《ひ》き出《だ》しから出《だ》しました。

「――おや。チャップマンは、どうしたんだ。」

書類《しょるい》に目《め》を通《とお》しおわり、すいかけの葉巻《はまき》を灰皿《はいざら》においたケッセルバッハ氏《し》は、顔《かお》を上《あ》げました。

客《きゃく》をむかえに行《い》った秘書《ひしょ》が、なかなかもどってこないのです。

ケッセルバッハ氏《し》は、いすから立《た》ちあがると同時《どうじ》に、はっとしました。

いつから、そこにいたのか――。となりの部屋《へや》につながるドアの前《まえ》に、

*葉巻《はまき》…たばこの葉《は》をきざまず、そのまま葉《は》で巻《ま》いた太《ふと》いたばこ。

一人《ひとり》の男《おとこ》が立《た》っていたからです。

「だ、だれだ、おまえは――。」

ケッセルバッハ氏《し》は後《あと》ずさりをすると、その見知《みし》らぬ男《おとこ》は、つめたくわらいました。きれいな服《ふく》をきちんと着《き》こなしている、上品《じょうひん》な、わかい

紳士《しんし》です。

「このぼくが、だれかって？　もちろん、バルバルー探偵事務所《たんていじむしょ》のバルバルー大佐《たいさ》ですよ。」

「ふざけるな。バルバルー大佐《たいさ》は、おまえなんかじゃない——チャップマン、どこだ！　早《はや》く、来《き》てくれ！」

ケッセルバッハ氏《し》がさけぶと、男《おとこ》が、さっとドアを開《あ》けたのです。

「あなたがおよびの秘書《ひしょ》は、ほら、そこに転《ころ》がっていますよ。」

ケッセルバッハ氏《し》は、となりの部屋《へや》の中《なか》を見《み》て、ぎょっとしました。チャップマンが、なわでしばられ、口《くち》にハンカチをおしこまれて、ゆかにたおれていたからです。その向《む》こうには、ピストルを持《も》った、小太《こぶと》りの男《おとこ》がいました。見知《みし》らぬ男《おとこ》の、手下《てした》にちがいありません。

「くそう！」

かっとなったケッセルバッハ氏《し》は、つくえの引《ひ》き出《だ》しから、急《いそ》いでピストルを取《と》りだしました。そして、引《ひ》き金《がね》を引《ひ》いたのです。

しかし、カチリ、カチリ、と音《おと》がするばかりで、たまは出《で》ません。

「はははははは。」

男《おとこ》は高《たか》らかにわらうと、ケッセルバッハ氏《し》に近《ちか》づき、そのピストルをうばいとりました。それから、ケッセルバッハ氏《し》のかたをおさえて、無《む》理《り》やり、すわらせたのです。

男《おとこ》の力《ちから》が意外《いがい》に強《つよ》くて、ケッセルバッハ氏《し》は、まったく抵抗《ていこう》できませんでした。

「むだですよ、ケッセルバッハさん。ピストルのたまは、きのうぼくが、この部屋《へや》にしのびこんだときに、ぬいておきましたからね。それに、大声《おおごえ》を上《あ》げて助《たす》けをよんでも、ホテルの人間《にんげん》はだれも来《き》ません。この最上階《さいじょうかい》にある部屋《へや》は、あなたがすべて、かりきっていますからね。」

「おまえは強盗《ごうとう》だな。金《かね》なら、ほしいだけくれてやる！」

ケッセルバッハ氏《し》が、どなりました。

「金《かね》など、いりませんね。ぼくがほしいのは、べつの物《もの》です。」

「な、なんだ――。」

ケッセルバッハ氏《し》は、ぎくりとしました。

（――もしかしたら、この男《おとこ》は、おれの計画《けいかく》を知《し》っているのか。知《し》っていて、あれをほしがっているのか。）

男《おとこ》は見《み》すかすような目《め》で、ケッセルバッハ氏《し》の顔《かお》をのぞきこみました。

「ふふふ。そうですよ。ぼくがほしいのは、黒《くろ》い小箱《こばこ》です。」

「な、ない。すててしまった。」

ケッセルバッハ氏《し》は、しぼりだすような声《こえ》でいいました。ひたいには、あぶらあせがうかんでいます。

「うそですね。となりの寝室《しんしつ》にある金庫《きんこ》に、その黒《くろ》い小箱《こばこ》をしまっているのでしょう。」

（どうして、そんなことまで、知《し》っているのだ。）

ケッセルバッハ氏《し》は、あまりのおどろきとおそろしさに、気《き》が遠《とお》くなりそうでした。

「い、いや。あれは、ちがう小箱《こばこ》だ――。」

「さあ、金庫《きんこ》のかぎを、ぼくにわたしてください。」

男《おとこ》は、手《て》を出《だ》しました。

「いやだ。わたすものか！」

ケッセルバッハ氏《し》は首《くび》をふり、必死《ひっし》にこばみました。

すると、男《おとこ》は、うばったピストルにたまをこめはじめました。そして、まようことなく、銃口《じゅうこう》をケッセルバッハ氏《し》のひたいにおしつけたのです。

「いいですか。これから、ぼくは、十を数《かぞ》えます。その間《あいだ》に、かぎをわたさなかったら、えんりょなく、引《ひ》き金《がね》を引《ひ》きますよ。一秒《びょう》でもおくれたら、あなたの頭《あたま》は、ふっとぶわけです。

……一……二、……七……八……九……。」

「わ、わかった！　いうことを聞《き》くから、やめてくれ！」

ケッセルバッハ氏《し》はふるえながらいい、葉巻入《はまきい》れのそこから、かくしていたかぎを取《と》りだしました。

男《おとこ》は、となりの部屋《へや》にいた手下《てした》をよび、そのかぎをわたしました。

「マルコ。おくの寝室《しんしつ》のかべに、油絵《あぶらえ》がかかっていて、その後《うし》ろに金庫《きんこ》がある。このかぎで、金庫《きんこ》を開《あ》けてくれ。」

「わかりました。」

マルコはうなずき、寝室《しんしつ》へ入《はい》りました。

3 かくしていた物《もの》

マルコが、金庫《きんこ》のとびらを開《あ》けている間《あいだ》に、男《おとこ》は名刺《めいし》を取《と》りだして、書《か》き物《もの》づくえの上《うえ》におきました。

「自己《じこ》しょうかいがおくれて、すみません。ぼくは、アルセーヌ・ルパンという者《もの》です。」

ケッセルバッハ氏《し》は、身《み》ぶるいしました。それとともに、安心《あんしん》もしたのです。

それを見《み》すかしたように、ルパンはにっこりわらいました。

「ふふふ。ぼくの名前《なまえ》をおぼえていてくれたんですね。ここしばらく、

事情《じじょう》があって、世《よ》の中《なか》をおさわがせしませんでしたからね。みなさんに、わすれられたんじゃないかと、ちょっと心配《しんぱい》していたんですよ。

ええ、そうです。ぼくは大《おお》どろぼうだが、やさしい紳士《しんし》です。人殺《ひとごろ》しはしません。さっき、あなたをピストルでうつといったのは、ちょっとしたおどしでした。悪《わる》いことをしましたね。」

「おまえのことは、知《し》っているぞ。とんでもない悪人《あくにん》だ。」

ケッセルバッハ氏《し》は、ルパンの顔《かお》をにらみました。

しかし、ルパンはそれをむしして、話《はなし》をつづけました。

「ぼくは、前々《まえまえ》から、あなたの計画《けいかく》に興味《きょうみ》があって、調《しら》べていましてね。あなたがパリへ来《き》て、すぐに、バルバルー大佐《たいさ》という、私立探偵《しりつたんてい》に会《あ》ったことも、ピエールという青年《せいねん》をさがしてくれとたのんだことも、知《し》っていますよ。

で、おたずねしたいのですが、いったい、何者《なにもの》ですか、そのピエールという青年《せいねん》は。かれに、どんなひみつがあるのですか。」

「知《し》らん。知《し》っていても、いうものか！」

ケッセルバッハ氏《し》は首《くび》をふり、強《つよ》くいいかえしました。

「まあ、いいでしょう。すぐに、*口《くち》をわらせてみせますよ。」

３　かくしていた物

813

ルパンはよゆうの顔《かお》で、ほほえみました。

「親分《おやぶん》、金庫《きんこ》が開《あ》きましたぜ。」

寝室《しんしつ》のほうから、マルコが声《こえ》を上《あ》げました。

「中《なか》に、何《なに》が入《はい》っている？」

「黒《くろ》い小箱《こばこ》です。その中《なか》には……大《おお》きなダイヤモンドが、あります！

こんな大《おお》きなダイヤモンドは、はじめて見《み》ましたぜ、ボス！」

ルパンの部下《ぶか》は、おどろきの声《こえ》を上《あ》げ、小箱《こばこ》を持《も》って走《はし》ってきました。

ルパンはふたを開《あ》け、ちらりと中《なか》を見《み》ました。きらきらとかがやく、大《おお》きなダイヤモンドが入《はい》っています。

「ケッセルバッハさん。このダイヤモンドが大事《だいじ》ですか。」

ルパンは、にやりとわらい、ダイヤモンド王《おう》にたずねました。

＊口《くち》をわる…かくしていたことなどを打《う》ちあける。

「ああ。」

「では、*1五十万《まん》フランで買《か》いとってください。自分《じぶん》のダイヤを自分《じぶん》で買《か》わないといけないなんて、くやしいでしょう。でも、そうしなければ、ぼくらがもらっていきますよ。」

ルパンはからかうようにいい、ダイヤモンド王《おう》は、くやしげにうなずきました。

「わ、わかった。」

「だったら、今《いま》から、*2小切手《こぎって》を書《か》いてもらいましょうか――そうだ。こんな小箱《こばこ》は、じゃまなだけだ。マルコ、あとで、どこかへすてておいてくれ。」

ルパンはダイヤモンドをつまみ、黒《くろ》い小箱《こばこ》は、マルコに投《な》げわたしま

した。すると、

「ま、待《ま》て。ダイヤモンドを入《い》れておくのに、その小箱《こばこ》はぴったりなんだ。必要《ひつよう》なんだ！」

と、ケッセルバッハ氏《し》が、かなりあわてて、大声《おおごえ》でうったえたのです。

そのようすを見《み》て、ルパンは、わらいだしました。

「はははは。やはり、そうでしたね。あなたにとって大事《だいじ》なのは、ダイヤモンドじゃない。この小箱《こばこ》のほうだ。

＊1フラン…フランスで以前《いぜん》、使《つか》われていたお金《かね》の単位《たんい》。五十万《まん》フランは、今《いま》のお金《かね》で約《やく》五億円《おくえん》。＊2小切手《こぎって》…銀行《ぎんこう》に預金《よきん》をしている人《ひと》が、銀行《ぎんこう》がお金《かね》をはらうように支払《しはら》い金額《きんがく》を書《か》いた用紙《ようし》。

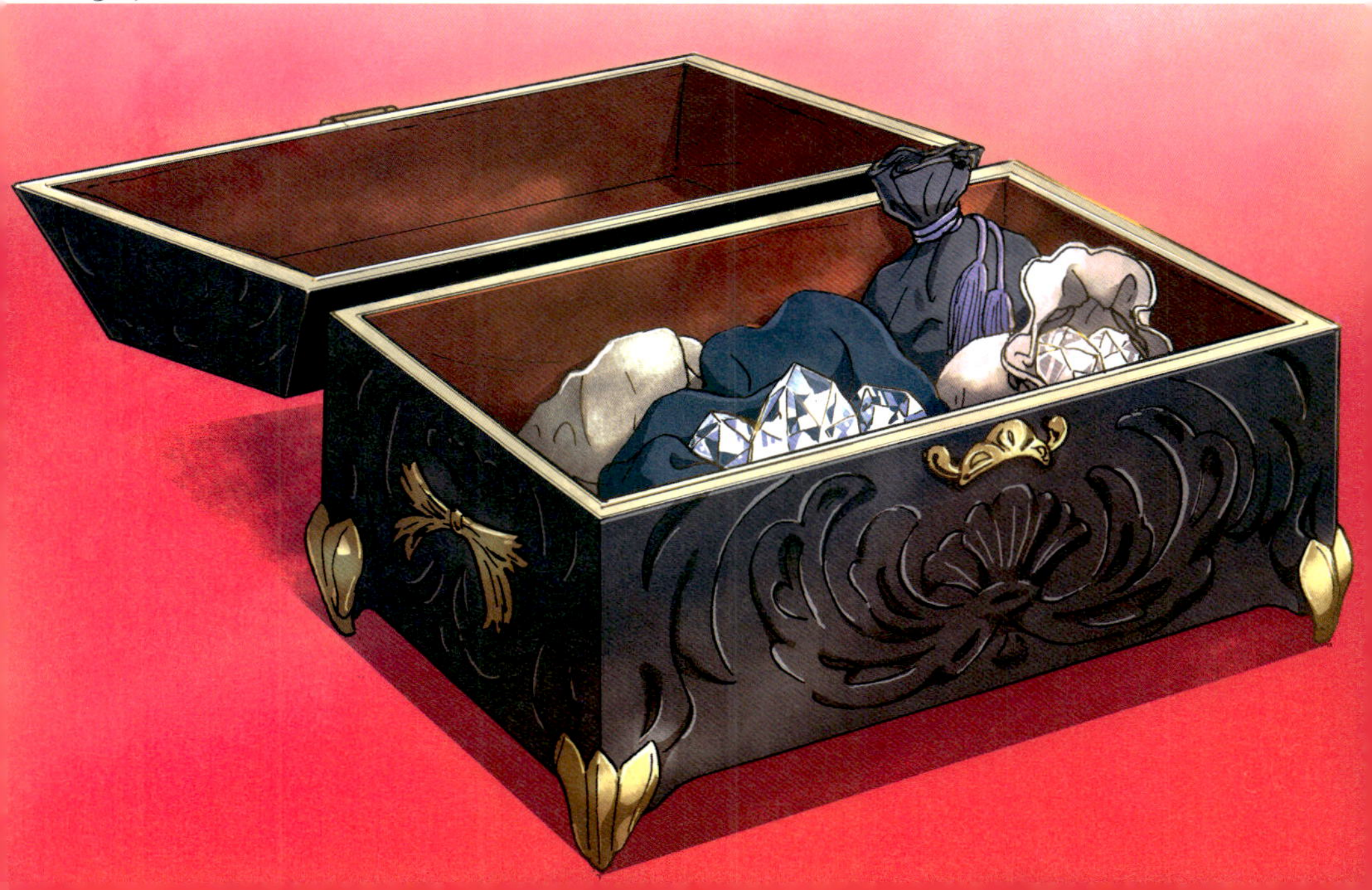

つまり、この小箱《こばこ》に、何《なに》かひみつがかくされているのでしょう。」

ルパンは、小箱《こばこ》を調《しら》べました。ふたを開《あ》けしめし、中《なか》を、指《ゆび》でていねいにさわりました。

「――ほう。どうやら、ふたのうら側《がわ》があやしい――ほら、内《うち》ばりのベルベット*生地《きじ》が、二重《じゅう》になっているぞ。何《なに》が入《はい》っているかな――なるほど。おりたたんだ紙《かみ》が二まい、あるじゃないか。ここに書《か》かれていることが、ケッセルバッハさんがねらっているひみつ、というわけですね。」

「親分《おやぶん》、その紙《かみ》はずいぶんと古《ふる》い物《もの》ですね。何《なに》が書《か》いてあるんですか。」

マルコも首《くび》をのばし、横《よこ》からたずねました。

「一まい目《め》の文字《もじ》は〈APO《アポ》　ON《オン》〉だ。もう一まいには〈813〉と、書《か》

3　かくしていた物

813

いてある。八百十三《はっぴゃくじゅうさん》と読《よ》むのかな、それとも、8《はち》、1《いち》、3《さん》かな？」

そういいながら、ルパンはケッセルバッハ氏《し》の顔《かお》を横目《よこめ》で見《み》ました。表情《ひょうじょう》を読《よ》みとるためです。しかし、ダイヤモンド王《おう》は、そうはさせまいと顔《かお》をこわばらせ、じっとだまっています。

「親分《おやぶん》。〈APO《アポ》　ON《オン》〉って、なんです？」

「さあな、マルコ。ぼくにもわからない。ケッセルバッハさんに、教《おし》えてもらおうか。」

ルパンは、二まいの紙《かみ》をダイヤモンド王《おう》につきつけ、きびしい声《こえ》で、たずねました。

「さあ、ケッセルバッハさん。教《おし》えてください。これは、あなたが苦労《くろう》して手《て》に入《い》れた物《もの》ですよね。あるひみつについて書《か》いてあるようです

＊ベルベット…表面《ひょうめん》をやわらかく毛《け》ばだてた、つやのある生地《きじ》。ビロードともいう。

813
APO　ON

が、〈APO《アポ》　ON《オン》〉やら、〈813〉というのは、なんでしょう。」

ケッセルバッハ氏《し》は、ぷいと顔《かお》をそむけました。

「知《し》らん。だれかのいたずら書《が》きさ。」

「うそだ。ただのメモなら、小箱《こばこ》にかくして、それを金庫《きんこ》になどしまわない。これが何《なに》なのか、どこで、これを見《み》つけたのか、どんな価値《かち》があるのか、すべて、はくじょうしてもらいましょうか。」

ケッセルバッハ氏《し》は、だまりこくって、答《こた》えません。

ルパンは、そんなかれの顔《かお》をのぞきこみました。

「ケッセルバッハさん。ぼくは怪盗《かいとう》で大《おお》どろぼうだが、あなただって、そんなにいい人間《にんげん》じゃない。あなたがこれまで、さんざん悪《わる》いことをして、大金持《おおがねも》ちになったことを、ぼくはよく知《し》っている。だから、どうでしょう。ぼくとあなたとで、手《て》を組《く》みませんか。あなたの大《おお》きな計画《けいかく》に、ぼくも協力《きょうりょく》します。ふふふ、ぜったいに成功《せいこう》まちがいなしですよ。」

「いやだ！」

ケッセルバッハ氏《し》の返事《へんじ》に、ルパンは目《め》を細《ほそ》めました。

「では、あなたは、もう二度《にど》と、愛《あい》するドロレスさんとは会《あ》えなくなりますよ。」

「なんだって!?」

ダイヤモンド王《おう》は、ぎょっとしました。

「あなたが、ぼくのいうことを聞《き》かないのなら、ぼくは、あなたのおくさんをさらって、遠《とお》い外国《がいこく》かどこか……もう、一生会《いっしょうあ》えないところへつれていきます。もちろん、おどしではなく、ほんとうにね。

さあ、どうですか、ケッセルバッハさん。ぼくの申《もう》し出《で》を受《う》けいれるのか、ことわるのか、すぐに答《こた》えてください――。」

4 ルパンのしわざか？

——一時間後《じかんご》。

一人《ひとり》の男《おとこ》が、パリス・ホテルの受付《うけつけ》でしかめっつらをしていました。

パリでいちばんうでがいいといわれている、ガニマール警部《けいぶ》です。

何者《なにもの》かにねらわれている、と相談《そうだん》があり、ケッセルバッハ氏《し》によばれてきたのですが、受付《うけつけ》が最上階《さいじょうかい》の部屋《へや》へ電話《でんわ》をしても、つながらないのです。

ガニマール警部《けいぶ》は、いやな予感《よかん》がしながら、エレベーターに乗《の》って、最上階《さいじょうかい》へ行《い》ってみました。

ろう下《か》にあるドアの一《ひと》つが、少《すこ》し開《あ》いています。
「ケッセルバッハさん？」
ガニマール警部《けいぶ》はよびかけましたが、返事《へんじ》がありません。しーんと、
しずまりかえっています。

ガニマール警部《けいぶ》はピストルをにぎると、用心《ようじん》しながら、中《なか》に入《はい》りました。

はじめの部屋《へや》と、次《つぎ》の居間《いま》には、だれもいません。そして、おくを見《み》ると――。

寝室《しんしつ》のドアが開《あ》いていて、そこに、人《ひと》がたおれているではありませんか。金髪《きんぱつ》の、わかく美《うつく》しい女性《じょせい》です。

ガニマール警部《けいぶ》は、あわててかけよりました。女性《じょせい》はひたいにきずがあり、気《き》をうしなっていました。

「だいじょうぶだ、息《いき》はある――。」

さらに、寝室《しんしつ》のおくを見《み》たガニマール警部《けいぶ》は、はっと息《いき》をのみました。

「――くそ。とんでもないことになったぞ。」

ベッドの上《うえ》には、一人《ひとり》の男性《だんせい》が、あおむけにたおれていました。新聞《しんぶん》の写真《しゃしん》で見《み》たことがある顔《かお》です。ダイヤモンド王《おう》の、ケッセルバッハ氏《し》でした。首《くび》から、血《ち》が流《なが》れでています。

さらに、まくら元《もと》には、

〝アルセーヌ・ルパン〟

と印刷《いんさつ》された名刺《めいし》が、おかれているではありませんか。

ベッドのそばには、ケッセルバッハ氏《し》を切《き》りつけたと思《おも》われるナイフが、落《お》ちています。ナイフはべったりと血《ち》でぬれていて、名刺《めいし》にも少《すこ》し、血《ち》がついていました。

「いや、まさか。ルパンが人殺《ひとごろ》しをするなんて……。」

ガニマール警部《けいぶ》は、まったく信《しん》じられないといった顔《かお》で、名刺《めいし》を見《み》つめました。

二年前《ねんまえ》までは、毎日《まいにち》といってもいいほど世《よ》の中《なか》をさわがせたルパンが、ここのところ、まったくすがたを消《け》していました。ですが、ひさびさに登場《とうじょう》したルパンは、殺人鬼《さつじんき》となってしまったのでしょうか——。

殺人事件《さつじんじけん》が起《お》きたことで、ホテルは大《おお》さわぎとなりました。パリ警視《けいし》庁《ちょう》からは、捜査《そうさ》のために、大《おお》ぜいの警官《けいかん》がやってきました。

その中《なか》に、ルノルマン刑事部長《けいじぶちょう》という、七十歳《さい》になる老人《ろうじん》がいました。ガニマール警部《けいぶ》の上司《じょうし》です。

昔《むかし》、事件《じけん》で、かた足《あし》にけがをして、つえをつきながら歩《ある》いています。髪《かみ》もひげも真《ま》っ白《しろ》ですが、目《め》は、ぎらぎらと光《ひか》っていました。

ルノルマン刑事部長《けいじぶちょう》は、わかいころから、優《ゆう》しゅうな刑事《けいじ》でした。近《ちか》ごろ、大《おお》きな事件《じけん》を次々《つぎつぎ》に解決《かいけつ》して、ますます有名《ゆうめい》になっていました。

「――ガニマール。ルパンが、ダイヤモンド王《おう》を殺《ころ》したかもしれないというのは、ほんとうか。」

ガニマール警部《けいぶ》は、ベッドのまくら元《もと》を指《ゆび》さしました。

「本物《ほんもの》かわかりませんが、ルパンの名刺《めいし》が、のこされていました。」

「ふむ。ひさしぶりに、ルパンという名《な》を聞《き》いたな……だが、かれは、これまで一度《いちど》も人《ひと》を殺《ころ》したことがない。ぬすみはしても、人《ひと》をきずつけることはなかったが……。」

そうつぶやいて、ルノルマン刑事部長《けいじぶちょう》は、考《かんが》えこみました。

「ええ。わしも、あいつは血《ち》を見《み》るのがきらいだと信《しん》じていましたし、今《いま》でも……。」

ルパンのことをよく知《し》っているガニマール警部《けいぶ》も、怪盗紳士《かいとうしんし》が人《ひと》を殺《ころ》すことには、引《ひ》っかかるものがありました。

「ケッセルバッハ氏《し》のおくさんが、ここにたおれていたとか。」

「はい、ドロレスです。ひたいにけがをし、気《き》をうしなっていたので、ホテルの医務室《いむしつ》でねかせています。」

「だれかに、なぐられたのかな。」

「ドロレスはメイドをつれて、デパートで買《か》い物《もの》をしてきたのです。たぶん、ここへ上《あ》がってくると、夫《おっと》をさがすために、寝室《しんしつ》へ入《はい》ろうとしたのでしょう。そのとき、中《なか》にいた犯人《はんにん》に、なぐられたのではないでしょうか。」

「メイドは、どこにいたんだ？」

「ホテルの受付《うけつけ》にいました。たくさんの買《か》い物《もの》をしたので、デパートのスタッフが品物《しなもの》をとどけました。それを、受《う》けとっていたのです。」

「ほかに、使用人《しようにん》はいなかったのかね。」

「先《さき》ほど、秘書《ひしょ》のチャップマンが見《み》つかりました。この階《かい》のろう下《か》のつきあたりにある物置《ものおき》に、しばられて、おしこめられていました。

けがはありません。」

「かれは、なんといっている？」

「二人組《ふたりぐ》みの男《おとこ》におそわれて、しばられたそうです。ルパンと名乗《なの》る男《おとこ》が、ケッセルバッハ氏《し》をピストルでおどし、何《なに》かひみつを聞《き》きだそうとした。そして、金庫《きんこ》の中《なか》に入《はい》っていた物《もの》を、うばいとったようです。それから、秘書《ひしょ》は物置《ものおき》にとじこめられてしまったので、ケッセルバッハ氏《し》が殺《ころ》されたところは、見《み》ていないそうです。」

ガニマール警部《けいぶ》は、かべにある金庫《きんこ》に目《め》をやりました。とびらは開《あ》いていて、中《なか》は空《から》っぽでした。

「ピストルでおどしていたのに、ナイフで殺《ころ》すというのは、へんな話《はなし》だな。」

「そうですね。」

ルノルマン刑事部長《けいじぶちょう》は、みけんにしわをよせました。

「金庫《きんこ》には、何《なに》が入《はい》っていたんだろう。大金《たいきん》かな。ケッセルバッハ氏《し》がにぎっていたひみつとは、なんだろう。どうも、うら*があ

＊うらがある…物事《ものごと》の表面《ひょうめん》にはあらわれない、かくされた理由《りゆう》やようす、仕組《しく》みがある。

りそうだが、秘書《ひしょ》はどういっているんだね。」

「それが、ひみつについては、何《なに》も知《し》らされていなかったそうです。ただ、手《て》がかりになりそうなことが、二《ふた》つあります。

まず、ケッセルバッハ氏《し》は、私立探偵《しりつたんてい》をつかって、だれかをさがさせていました。それから、金庫《きんこ》に入《はい》っていたのは黒《くろ》い小箱《こばこ》で、中《なか》に、大《おお》きなダイヤモンドと、メモが二まい入《はい》っていたそうです。」

「何《なに》が書《か》かれていたんだ？」

「秘書《ひしょ》が聞《き》いたという、犯人《はんにん》とケッセルバッハ氏《し》との会話《かいわ》によると、メモには、〈APO《アポ》　ON《オン》〉という文字《もじ》と、〈813〉という数字《すうじ》が、書《か》いてあったようです。」

「ふうむ。どういう意味《いみ》だろう。」

「暗号《あんごう》でしょうかね。」

と、二人《ふたり》そろって、首《くび》をかしげました。

もちろん、すぐに答《こた》えは出《で》ません。ルノルマン刑事部長《けいじぶちょう》は、メモについて考《かんが》えるのを早々《はやばや》とあきらめ、

「二人組《ふたりぐ》みの男《おとこ》たちは、この最上階《さいじょうかい》へ、どうやって出入《ではい》りしたのかな。」

と、ガニマール警部《けいぶ》にたずねました。

「ホテルの外《そと》にある、非常階段《ひじょうかいだん》を使《つか》ったようです。うら口《ぐち》を出《で》たところにいたボーイが、上《うえ》からあわててかけおりてくる、あやしい二人《ふたり》の男《おとこ》を目《め》にしていました。ただ、黒《くろ》いマスクをしていたので、顔《かお》は見《み》えませんでした。」

「もし、この名刺《めいし》がほんとうなら、ルパンと、やつの手下《てした》というわけか。」

「ルパンが犯人《はんにん》なら、そうなりますな。」

と、ガニマール警部《けいぶ》は、しぶい顔《かお》をしました。

そのとき——。

わかい警官《けいかん》が入《はい》ってきて、ルノルマン刑事部長《けいじぶちょう》に耳打《*みみう》ちしました。

「ガニマール。バルバルー大佐《たいさ》という探偵《たんてい》がフロントに来《き》ていて、今回《こんかい》の事件《じけん》について、話《はな》したいことがあるといっているそうだ。わたしは、その男《おとこ》に会《あ》ってくるから、この階《かい》の捜査《そうさ》は、おまえにまかせたぞ。」

そういうと、ルノルマン刑事部長《けいじぶちょう》は、つえをついて、ゆっくりと部屋《へや》を出《で》ていきました。


*耳打《みみう》ち…ほかの人《ひと》に聞《き》こえないように、相手《あいて》の耳《みみ》に口《くち》を近《ちか》づけて、小《ちい》さな声《こえ》で話《はな》すこと。

5 バルバルー大佐《たいさ》

ホテルのロビーにいたのは、四十歳《さい》くらいの男性《だんせい》でした。落《お》ちつかないようすで、あたりを見回《みまわ》しています。がっしりした体格《たいかく》で、ルノルマン刑事部長《けいじぶちょう》は一目《ひとめ》で、この男《おとこ》が元軍人《もとぐんじん》だと、見《み》ぬきました。

「わざわざ、すみませんな。今回《こんかい》の事件《じけん》について、きみは、何《なに》かを知《し》っているそうだが。」

ルノルマン刑事部長《けいじぶちょう》が声《こえ》をかけると、バルバルー大佐《たいさ》は、うわずった声《こえ》で、答《こた》えました。

「ケッセルバッハ氏《し》が殺《ころ》されたと聞《き》きましたが、ほんとうですか。」

「うむ。ざんねんながら、ほんとうなのだ。」

すると、バルバルー大佐《たいさ》はいいにくそうに、

「じつはわたし、ケッセルバッハ氏《し》から、ある人物《じんぶつ》をこっそり見《み》つけだしてくれと、たのまれていました。」

と、話《はな》しだしました。

「ある人物《じんぶつ》?」

「ピエールという名《な》の、青年《せいねん》をです。ただ、さがしている理由《りゆう》は、教《おし》えてくれませんでした。」

「見《み》つけたのかね。」

「はい。やっとさがしだしました。それで、ケッセルバッハ氏《し》に報告《ほうこく》しようと思《おも》って、ここへ来《き》たわけです。そうしたら――。」

「ピエールとは、どんな人物《じんぶつ》だ。」

「二十歳《はたち》の、まずしい青年《せいねん》です。ドイツの*1ベルデンという村《むら》に、一人《ひとり》で住《す》んでいます。*2ライン川《がわ》の近《ちか》くです。木《き》を切《き》って売《う》るなどして、なんとかくらしています。」

「その村《むら》なら知《し》っている。フランスに近《ちか》い場所《ばしょ》で、古《ふる》い城《しろ》があるところだろう。昔《むかし》、フランスの皇帝《こうてい》*3ナポレオンが、ドイツにせめいったときに、*4落《お》とした城《しろ》の一《ひと》つのはずだ。」

「ええ。」


*1ベルデン…ドイツ西部《せいぶ》の地名《ちめい》。 *2ライン川《がわ》…ヨーロッパ中部《ちゅうぶ》を流《なが》れる大《おお》きな川《かわ》。 *3ナポレオン…おもに一八〇〇年代《ねんだい》に活《かつ》やくしたフランスの軍人《ぐんじん》・政治家《せいじか》。 *4落《お》とす…城《しろ》などをせめてうちやぶり、取《と》ること。

「で、そのピエール青年《せいねん》は、今《いま》、どこにいるのかね。」

ルノルマン刑事部長《けいじぶちょう》は、目《め》をするどく光《ひか》らせて、たずねました。

「パリのはずれにある、小《ちい》さなホテルにかくまっています。」

※イラストの地図《ちず》、国境《こっきょう》は、現代《げんだい》のものです。

「ピエールのことを、ほかのだれかに話《はな》したかね。」

「いいえ。あなたにだけです、ルノルマン刑事部長《けいじぶちょう》。ケッセルバッハ氏《し》からは、くれぐれもひみつにしろといわれていましたし。」

「では、バルバルー大佐《たいさ》。この件《けん》は、ぜったいに、だれにもいわないことだ。命《いのち》が、おしければね。」

バルバルー大佐《たいさ》が、ぎょっとします。

「どうしてですか。」

「そのピエール青年《せいねん》は、今回《こんかい》の殺人《さつじん》にかかわっているかもしれん。だから、かれのことを知《し》っているきみにも、危険《きけん》がおよぶ場合《ばあい》もある。」

「ああ、そんなことになるなんて。わたしは、だれにもいいません！」

そういうバルバルー大佐《たいさ》の声《こえ》は、ふるえています。

ルノルマン刑事部長《けいじぶちょう》は、あごの先《さき》をなでながら考《かんが》え、いいました。

「……次《つぎ》にピエール青年《せいねん》も、ねらわれるかもしれん。よし、わたしの部《ぶ》下《か》を、今《いま》すぐそのホテルへ案内《あんない》してくれ。二人《ふたり》つけるから、かれらにピエール青年《せいねん》を引《ひ》きわたすんだ。安全《あんぜん》なところにかくまおう。」

「はい。おっしゃるとおりにします。」

バルバルー大佐《たいさ》は、まじめな顔《かお》でうなずきました。

「ところで、きみは、〈APO《アポ》　ON《オン》〉とか、〈813〉などという言葉《ことば》を、聞《き》いたことがあるかね。」

「いいえ。それはなんですか。」

「知《し》らないのなら、いいんだ。わすれてくれ――。」

少《すこ》しがっかりした顔《かお》で、ルノルマン刑事部長《けいじぶちょう》は、手《て》をふりました。

6　ドロレスのなみだ

それから一時間《じかん》ほどたって、ケッセルバッハ氏《し》の妻《つま》、ドロレスが気《き》づきました。すぐさまルノルマン刑事部長《けいじぶちょう》とガニマール警部《けいぶ》は、かのじょのもとに向《む》かいました。

「ああ、なんということでしょう。どうして、主人《しゅじん》は……。おねがい、生《い》きかえって……。」

ドロレスはそうつぶやきながら、ベッドの中《なか》で、しくしくないていました。顔色《かおいろ》は悪《わる》く、声《こえ》にも力《ちから》はありません。

「おくさん。おくやみ*を申《もう》しあげます。こんなときになんですが、犯人《はんにん》

＊おくやみ…死《し》んだ人《ひと》のことを悲《かな》しみ、ざんねんに思《おも》うこと。また、その言葉《ことば》。

をつかまえるためにも、お話《はなし》をうかがいたいのですが。」

ルノルマン刑事部長《けいじぶちょう》が、しずかに声《こえ》をかけました。

「……は、はい……なんでしょう。」

ドロレスは、レースのハンカチでなみだをふき、ルノルマン刑事部長《けいじぶちょう》を見《み》つめました。

その顔《かお》は、悲《かな》しみにくれながらも、まるで宝石《ほうせき》のような美《うつく》しいかがやきを、はなっていました。

ルノルマン刑事部長《けいじぶちょう》もガニマール警部《けいぶ》も、思《おも》わず息《いき》をのんだほどです。

「ホテルにもどったあなたが、見《み》たことを教《おし》えてください。」

ドロレスは、力《ちから》なく首《くび》をふりました。

「……は、はい。……寝室《しんしつ》のドアを開《あ》けたら、夫《おっと》が、ベッドに、たおれ

ていました……。」

「犯人《はんにん》を見《み》ましたか。」

「……ええ。だれかが、ドアのかげにかくれていたのです。そして、いきなり、体当《たいあ》たりしてきました。黒《くろ》いマントを着《き》て、黒《くろ》いマスクをしていました。

ですから、顔《かお》はよくわかりません……。」

「黒《くろ》マントの男《おとこ》、ですか──なるほど。

それでおくさん、あなたはたおれて、そのまま、気《き》をうしなってしまったのですね。」

「はい。お役《やく》に立《た》てなくて、すみません……。」

ドロレスは、小声《こごえ》であやまりました。

ルノルマン刑事部長《けいじぶちょう》は、さらに質問《しつもん》しました。

「ところで、ご主人《しゅじん》のことを、うらんでいるような人《ひと》はいませんでしたか。あるいは、何《なに》か仕事《しごと》で、もめていた人《ひと》とか。」

「ぞんじません。

主人《しゅじん》は、仕事《しごと》のことは、いっさい、わたしには教《おし》えてくれませんでした。」

「では、ご主人《しゅじん》が、よく出《で》かけていた場所《ばしょ》などは、ごぞんじではありませんかね。」

「ええと……そうですわね……。ドイツのベルデン村《むら》には、何回《なんかい》か行《い》っておりましたわ。」

ルノルマン刑事部長《けいじぶちょう》は、内心《ないしん》、おやっと思《おも》いました。

ベルデン村《むら》といえば、さっきバルバルー大佐《たいさ》の話《はなし》の中《なか》にも出《で》てきたばかりの、ピエール青年《せいねん》が住《す》んでいる所《ところ》だからです。

「どうして、そこに？」

ルノルマン刑事部長《けいじぶちょう》がたずねると、

「主人《しゅじん》が、ベルデン村《むら》にある古《ふる》い城《しろ》を、買《か》いとったからですわ。わたくしのための別荘《べっそう》にすると……。」

と、やさしかった夫《おっと》のことを思《おも》いだしたように、ドロレスは、また、なみだをうかべました。

7

ルパンの声明《せいめい》

パリの町《まち》じゅうが、たいへんざわめいていました。大金持《おおがねも》ちとして有《ゆう》名《めい》な、ダイヤモンド王《おう》ケッセルバッハ氏《し》が殺《ころ》され、さらに、死亡説《しぼうせつ》もあったルパンが、犯人《はんにん》かもしれないと――。

しかし、よく日《じつ》の朝《あさ》、パリじゅうの人々《ひとびと》が、さらにおどろくことになりました。

新聞《しんぶん》の一面《めん》にでかでかと、ルパンの声明《せいめい》が、のっていたのです。

ケッセルバッハ氏《し》を殺《ころ》したのは、ぼくではありません。

ぼくはどろぼうですが、人《ひと》をきずつけるようなことは、ぜったいにしないのです。

ぼくの名誉《めいよ》をとりもどすためにも、ぼくは、ケッセルバッハ氏《し》を殺《ころ》したと思《おも》われる、黒《くろ》マントの男《おとこ》をつかまえて、警察《けいさつ》につきだすつもりです。

アルセーヌ・ルパン

(ルパンは、殺人犯《さつじんはん》ではなかった!)

(いいぞ、ルパン。真犯人《しんはんにん》をつかまえろ!)

(いいや、これは、ルパンがうそをついているんだ!)

人々《ひとびと》は、いろいろなことをいいましたが、ルパンにしろ、そうでないにしろ、ケッセルバッハ氏《し》を殺《ころ》した犯人《はんにん》――黒《くろ》マントの男《おとこ》――が、どこかにいるのです。まだ、パリの町《まち》にいるかもしれません……。

人々《ひとびと》は、おそろしさにふるえあがっていました。

一方《いっぽう》、パリ警視庁《けいしちょう》では、警視庁《けいしちょう》でいちばんえらいとされる警視総監《けいしそうかん》が、ルノルマン刑事部長《けいじぶちょう》とガニマール警部《けいぶ》を、よびつけていました。

「きみたちに来《き》てもらったのは、ほかでもない――。」

警視総監《けいしそうかん》がゆっくりといいはじめると、捜査《そうさ》でつかれたようすのルノルマン刑事部長《けいじぶちょう》が、さえぎりました。

「わかっています。ケッセルバッハ氏《し》を殺《ころ》した犯人《はんにん》のことですね。」

「そうだ。早《はや》く、ルパンをつかまえるんだ。」

という警視総監《けいしそうかん》は、ルパンという*天敵《てんてき》の登場《とうじょう》に、この上《うえ》なくふきげんといったようすです。

「ですが、ルパンは殺人犯《さつじんはん》ではありませんぞ。ケッセルバッハ氏《し》を殺《ころ》した犯人《はんにん》は、べつの人物《じんぶつ》です。」

ルノルマン刑事部長《けいじぶちょう》が、そうきっぱりいったので、警視総監《けいしそうかん》はおどろいた顔《かお》になりました。

「どうしてだね。新聞《しんぶん》に、ルパンが声明《せいめい》を出《だ》したからか。」

「それもあります。しかし、秘書《ひしょ》のチャップマンの話《はなし》を聞《き》けば、ルパンは、ケッセルバッハ氏《し》からほしい物《もの》をうばいました。とすると、わざわざ、かれを殺《ころ》す理由《りゆう》はありませんな。」

警視総監《けいしそうかん》は、ガニマール警部《けいぶ》を見《み》ました。

「きみはどう思《おも》う、ガニマール。」

「わたしも、ルノルマン刑事部長《けいじぶちょう》と同《おな》じ意見《いけん》です。殺《ころ》しは、ルパンらしくありません。」

「では、犯人《はんにん》は何者《なにもの》だ？」

「わかりません。今《いま》のところ、非常階段《ひじょうかいだん》を使《つか》ってにげた二人《ふたり》の男《おとこ》のほかに、あやしい者《もの》は、目《もく》げきされていません。」

と、ガニマール警部《けいぶ》がいうと、ルノルマン刑事部長《けいじぶちょう》が説明《せつめい》をつづけました。

＊天敵《てんてき》…ある生物《せいぶつ》にとって、食《た》べられたり、殺《ころ》されたりする生物《せいぶつ》のこと。ここでは、思《おも》うとおりにいかない相手《あいて》のこと。

「その二人《ふたり》は、ドロレスさんが、ケッセルバッハ氏《し》の死体《したい》を発見《はっけん》するよりも十五分《ふん》も前《まえ》に、ホテルからにげています。つまり、ケッセルバッハ氏《し》を殺《ころ》したと思《おも》われる黒《くろ》マントの男《おとこ》は、その二人《ふたり》とは、べつの人間《にんげん》ということになるわけですな。」

「そうか。で、このあとは、どうする？」

まいったなあという顔《かお》の警視総監《けいしそうかん》に、ルノルマン刑事部長《けいじぶちょう》は、答《こた》えました。

「ガニマール警部《けいぶ》には、ホテルやパリ市内《しない》の捜査《そうさ》を、つづけてもらいます。わたしは、これから車《くるま》で、ドイツのベルデン村《むら》まで行《い》くつもりです。ケッセルバッハ氏《し》は、死《し》ぬ直前《ちょくぜん》まで、何《なに》かを調《しら》べていたようです。

それに、フランスじゅうに古《ふる》い城《しろ》があるのに、なぜか、ドイツのべルデン村《むら》の古《ふる》い城《しろ》を買《か》いとっていました。ベルデン村《むら》には、事件《じけん》の手《て》がかりが、何《なに》かあるのではないでしょうか。」

「そうか、ベルデン村《むら》にな。」

と、警視総監《けいしそうかん》は、うで組《ぐ》みして考《かんが》えこみました。

ルノルマン刑事部長《けいじぶちょう》は、部下《ぶか》のほうへ顔《かお》を向《む》けました。

「——というわけだから、ガニマール警部《けいぶ》。こっちの捜査《そうさ》は、すべてきみにまかせるからな。」

「わかりました。」

ガニマール警部《けいぶ》が、深《ふか》くうなずいたときでした。

警官《けいかん》につきそわれて、青《あお》い顔《かお》をしたドロレスが入《はい》ってきました。黒《くろ》い服《ふく》に、黒《くろ》いレースで顔《かお》をおおい、*もに服《ふく》しています。

*もに服《ふく》す…親《おや》や兄弟《きょうだい》などの近親者《きんしんしゃ》が亡《な》くなってから悲《かな》しみをあらわして、一定期間《いっていきかん》つつましく生活《せいかつ》すること。

「どうしましたか、おくさん。あなたは気分《きぶん》が悪《わる》くて、病院《びょういん》に行《い》かれたと、聞《き》いていましたが。」

少《すこ》しおどろいた顔《かお》で、ルノルマン刑事部長《けいじぶちょう》がたずねました。

しかし、かのじょは、それに答《こた》えず、つんとしたようすで、かれのわきを通《とお》りぬけ、まっすぐ警視総監《けいしそうかん》のところへと歩《ある》いていきました。そして、一通《つう》の手紙《てがみ》を、とまどった表情《ひょうじょう》の警視総監《けいしそうかん》に、手《て》わたしました。

「警視総監《けいしそうかん》。この手紙《てがみ》が、わたくしのバッグに入《はい》っていました。どなたからか、わかりませんが――。」

手紙《てがみ》を開《ひら》いた警視総監《けいしそうかん》の顔《かお》が、みるみるこおりつきました。

ケッセルバッハ夫人《ふじん》へ
この手紙《てがみ》を、パリ警視庁《けいしちょう》の警視総監《けいしそうかん》にわたしなさい。
ほんとうのルノルマン刑事部長《けいじぶちょう》は、三年前《ねんまえ》に死《し》んでいる。
今《いま》のルノルマン刑事部長《けいじぶちょう》は、にせものだ。
その正体《しょうたい》は、アルセーヌ・ルパンだ。
そして、ケッセルバッハ氏《し》を殺《ころ》したのは、アルセーヌ・ルパンである。
黒《くろ》マントの男《おとこ》

8 ルパンの変装《へんそう》

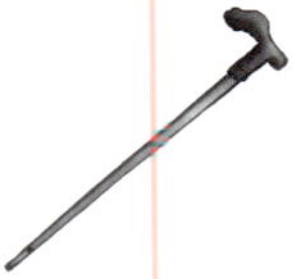

「ルノルマン刑事部長《けいじぶちょう》が、ルパンだと？」

警視総監《けいしそうかん》が、つぶやきました。

なんということでしょう。パリ警察《けいさつ》の名刑事《めいけいじ》で、数々《かずかず》の手《て》がらを上《あ》げてきたルノルマン刑事部長《けいじぶちょう》の正体《しょうたい》が、あの大怪盗《だいかいとう》アルセーヌ・ルパンの変装《へんそう》なのだと、その手紙《てがみ》には書《か》いてあるのです。

その場《ば》にいるみんなが、おどろきのあまり、こおりついていました。

これは、ほんとうなのでしょうか!?

いち早《はや》く動《うご》いたのは、ガニマール警部《けいぶ》でした。年老《としお》いた上司《じょうし》のうでをがしっとつかみ、どなりました。

「ルノルマン刑事部長《けいじぶちょう》、動《うご》かないでください。あなたを、これから調《しら》べます。」

ルノルマン刑事部長《けいじぶちょう》は、その場《ば》で一人《ひとり》だけ落《お》ちついたようすです。

「ばかばかしい。このわたしが、ルパンのわけはないでしょう。そんなふうに見《み》えますかな。それにわたしは、数十年間《すうねんかん》、たくさんの事件《じけん》を解決《かいけつ》して、たくさんの悪人《あくにん》をつかまえてきた。ルパンの敵《てき》ですぞ。」

やっと、ショックから少《すこ》しだけ立《た》ちなおったようすの警視総監《けいしそうかん》は、

「う、うむ。それはよくわかっておる。だが……。」

と、こまった顔《かお》で、ガニマール警部《けいぶ》とルノルマン刑事部長《けいじぶちょう》の顔《かお》を、こうごに見《み》ました。

「──失礼《しつれい》します。」

つめたい声《こえ》でいい、ガニマール警部《けいぶ》は、ルノルマン刑事部長《けいじぶちょう》の上着《うわぎ》をさわりました。内《うち》ポケットの中《なか》にある物《もの》を、すべて取《と》りだすと──。その中《なか》に、黒《くろ》い小箱《こばこ》と、何《なに》やら紙《かみ》があるではありませんか。

「ああ、それは、主人《しゅじん》が大切《たいせつ》にしていたダイヤモンドの箱《はこ》です……。」

ドロレスが、なきそうな声《こえ》を出《だ》しました。

「──なんということだ。ルノルマン刑事部長《けいじぶちょう》が、ルパンだというのは、ほんとうのことだったのか。」

と、警視総監《けいしそうかん》は目《め》を大《おお》きく見開《みひら》きました。すると、ルノルマン刑事部長《けいじぶちょう》が、かたをふるわせて、わらいだしました。しかも、その声《こえ》は今《いま》までのしわがれたものではなく、とてもわかい、ほがらかなものでした。

「ははははは。とうとう、ばれてしまいましたね。そうですよ。ぼくは、ルパンです。

あなたがたが、一生《いっしょう》けん命《めい》、つかまえようとしていた怪盗《かいとう》ですよ。そして、ぼくは、その手紙《てがみ》にあるとおり、三年前《ねんまえ》から、ルノルマン刑《けい》事部長《じぶちょう》になりきっていました。」

それを聞《き》いて、ガニマール警部《けいぶ》は、うめきました。

「ううむ。たしか、ルノルマン刑事部長《けいじぶちょう》は、三年前《ねんまえ》に、インドに旅行《りょこう》へ行《い》った。そのときから――。」

ルノルマン刑事部長《けいじぶちょう》――いいえ、ルパン――は、にやりとしました。

「そうですよ、警部《けいぶ》さん。かれは、インドで熱病《ねつびょう》にかかって、亡《な》くなってしまったんです。それで、ぼくがかれに変装《へんそう》して、ずっと、刑事部《けいじぶ》長《ちょう》の仕事《しごと》をしていたわけです。パリ警察《けいさつ》の一人《ひとり》として、悪人《あくにん》をつかまえる、おてつだいをしていたわけです。なかなか、いや、とてもいいはたらきをしていたでしょう。もちろん、警察《けいさつ》のみなさんの情報《じょうほう》も、すっかりわかる、すてきな仕事《しごと》でしたがね。ふふふ。」

そうわらうと、かれは、曲《ま》がっていたこしをのばして、白《しろ》いかつらと白《しろ》いつけひげにふれ、それらをペリペリとはずしました。さらに、ふわりと出《だ》したハンカチで顔《かお》をふくと、あっという間《ま》に、しわもなくなったのです。

「どうですかね、警部《けいぶ》さん。このくらいわかい顔《かお》なら、見《み》おぼえがあるのではないですか。」

その男《おとこ》は、かた目《め》をつぶり、ウインクしました。そこには、わかわかしくて、エネルギーにみちあふれた青年《せいねん》が立《た》っていました。

「ル、ルパン――。」

「だいじょうぶ、にげませんよ。長《なが》いこと、ルノルマン刑事部長《けいじぶちょう》とルパンの、一人二役《ひとりふたやく》をやっていたので、少《すこ》しつかれてしまいました。あの見《み》はりのきびしい、*サンテ刑務所《けいむしょ》の中《なか》で、何日《なんにち》か休《やす》むのも、そう悪《わる》くはないでしょう。

ええ、ゆっくり休《やす》めるし、すばらしく大《おお》きな建物《たてもの》なので、ぼくは、あの刑務所《けいむしょ》を、サンテ宮殿《きゅうでん》とよんでいますがね。

――さあ、ガニマール警部《けいぶ》。手錠《てじょう》をかけてください。」

そういって、ルパンは、両手《りょうて》を前《まえ》に出《だ》しました。

ガニマール警部《けいぶ》は用心《ようじん》しながら、素早《すばや》くルパンに手錠《てじょう》をはめました。

「行《い》くぞ、ルパン。」

ガニマール警部《けいぶ》は、ルパンを引《ひ》っぱりました。

「ちょっと待《ま》ってください。ガニマール警部《けいぶ》。ケッセルバッハ夫人《ふじん》に、話《はな》したいことがあるんですよ。」

ルパンは、そうたのみました。

そして、警視総監《けいしそうかん》の後《うし》ろにかくれるように立《た》つドロレスに、やさしい声《こえ》で、話《はな》しかけました。

「おくさん、ケッセルバッハ氏《し》を殺《ころ》し、あなたをおそったのは、ぼくではありません。

＊サンテ刑務所《けいむしょ》…フランスのパリ南部《なんぶ》にある、巨大《きょだい》な刑務所《けいむしょ》。

ざんねんながら、ぼくはサンテ宮殿《きゅうでん》に行《い》くので、今《いま》すぐ、犯人《はんにん》を追《お》えません。ですが、数日《すうじつ》のうちに刑務所《けいむしょ》からにげだして、かならず、そいつ――黒《くろ》マントの男《おとこ》――をつかまえますよ。

そのことを、お約束《やくそく》しておきます――。」

9
刑務所《けいむしょ》のルパン

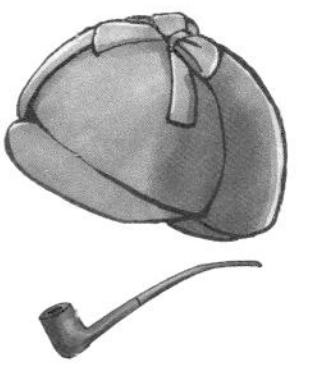

それから、五日間《いつかかん》、ルパンは、きびしく見《み》はられたサンテ刑務所《けいむしょ》の独房《どくぼう》＊の中《なか》で、おとなしくしていました。いえ、小《ちい》さなベッドに横《よこ》になり、目《め》をつぶって、ひたすら考《かんが》えていたのです。

ケッセルバッハ氏《し》を殺《ころ》し、ルノルマン刑事部長《けいじぶちょう》がルパンだとあばいた黒《くろ》マントの男《おとこ》は、いったい何者《なにもの》なのか。

ケッセルバッハ氏《し》がつかんだ、大《おお》きなひみつとは何《なに》か。

古《ふる》いメモに書《か》いてあった、〈APO《アポ》　ON《オン》〉と〈813〉には、どんな意味《いみ》がかくされているのか。

＊独房《どくぼう》…刑務所《けいむしょ》などで、収容者《しゅうようしゃ》を一人《ひとり》だけ入《い》れておく部屋《へや》。

ルパンが、あることにひらめいたちょうどそのとき、*看守《かんしゅ》が、食事《しょくじ》を持《も》ってきました。起《お》きあがり、皿《さら》を受《う》けとったルパンは、小声《こごえ》でたずねました。

「どうだ、ドードビル。ベルデンの古城《こじょう》のようすは？」

じつは、この刑務所《けいむしょ》ではたらいているドードビルも、ルパンの手下《てした》だったのです。

「おれの弟《おとうと》が、ドイツ人《じん》の警官《けいかん》

に化《ば》けて、古城《こじょう》の中《なか》を見《み》てきました。ボスが、おっしゃっていたとおりでした。どの部《へ》屋《や》にも、番号《ばんごう》ではなくて名前《なまえ》がついていました。」

「それは、ギリシャ神話《しんわ》の、神《かみ》様《さま》の名前《なまえ》だっただろう。」

「ええ。アテナ、ゼウス、ガイア、プロメテウス――。」

「アポロンも、あったか。」

「ありました。

＊看守《かんしゅ》……刑務所《けいむしょ》で囚人《しゅうじん》の監《かん》とく・警備《けいび》をする職員《しょくいん》。

でも、どうして、部屋《へや》に神《かみ》の名前《なまえ》がついているとわかったんですか、ボス。」

感心《かんしん》したようにドードビルがたずねると、ルパンは、ほほえみました。

「まあ、かんたんな推理《すいり》さ。それよりも、ピエールという青年《せいねん》は、どうしている？」

「サティとデュカスが、バルバルー大佐《たいさ》から青年《せいねん》をあずかりましたよ。ボスのかくれ家《が》につれていって、かくまっています。」

サティもデュカスもルパンの部下《ぶか》ですが、パリ警視庁《けいしちょう》の警官《けいかん》としてははたらいています。

「青年《せいねん》の身《み》の上《うえ》は？」

「かれは、自分《じぶん》には家族《かぞく》はいないと、いっています。赤《あか》んぼうのころ、教会《きょうかい》の前《まえ》にすてられていたのを、神父《しんぷ》が助《たす》けてくれたそうです。村人《むらびと》も、そういっています。」

「サティとデュカスに、青年《せいねん》の両親《りょうしん》をさがさせてくれ。死《し》んでいるかもしれんが、もっとくわしく、身元《みもと》を知《し》りたい。」

「わかりました。そうつたえます。」

「ピエール青年《せいねん》は、ある大物《おおもの》のあとつぎの可能性《かのうせい》があるんだ。かれをうまく仲間《なかま》にして、さらに、〈APO《アポ》　ON《オン》〉と〈813〉のなぞを解《と》ければ、一国《いっこく》の王様《おうさま》のように、ぼくたちは、巨万《きょまん》の富《とみ》をえられるかもしれないんだ。」

ルパンは、うれしそうな顔《かお》でいいましたが、ドードビルは、こまったような顔《かお》になりました。

「ただ、親分《おやぶん》、まずいことが起《お》こったんです。イギリスの名探偵《めいたんてい》、ハーロック・ショームズのやつが、やってきたんですよ。」

「なんだって！」

ルパンは、ぎくりとしました。

ショームズは、解《と》けないなぞはない、世界一《せかいいち》の名探偵《めいたんてい》といわれていて、ルパンの最大《さいだい》のライバルです。

「だれが、やとったんだ？」

「それが、わからないんです。どこ

かの、有力者《ゆうりょくしゃ》らしいのですが……。」

「ショームズは、いつ、古城《こじょう》に行《い》くんだ？」

「それが、おととい、もう古城《こじょう》に入《はい》りました。」

「じゃあ、ひみつはもう、あばかれてしまったのか！」

めずらしくがっかりした表情《ひょうじょう》のルパンに、ドードビルは、首《くび》をふりました。

「いいえ。それが、さすがのショームズでも、あの〈APO《アポ》　ON《オン》〉と〈813〉の意味《いみ》は、わからなかったんですよ。」

「ショームズは、どうした？」

「ケッセルバッハ氏《し》の、ドイツにある自宅《じたく》に向《む》かいました。そこで、手《て》がかりを見《み》つけようとしているみたいです。」

そう、ドードビルが教《おし》えると、ルパンは声《こえ》を上《あ》げてわらいました。

「はははははは。そうか、やっぱりな。あのひみつは、そうかんたんに解《と》けるはずがない。ショームズでも無理《むり》さ。このぼくでなくては！」

「じゃあ、すぐにでも脱獄《だつごく》ですね、親分《おやぶん》。ここの見《み》はりはきびしいので、準備《じゅんび》に三《さん》、四日《よっか》かかりますが。」

「いいや、かんたんさ。あと一日《にち》で、ぼくはここを出《で》られるぞ。」

「なぜです？」

「刑務所《けいむしょ》に入《はい》る前《まえ》の日《ひ》に、ぼくはある、えらい人《ひと》へ手紙《てがみ》を出《だ》しておいたんだ。きっとその人《ひと》が、ショームズをよんだのだと思《おも》う。

だが、ショームズがなぞ解《と》きに失敗《しっぱい》したとなると、たよれるのは、ぼくしかいない。

つまり、そのえらい人《ひと》が、今日《きょう》か明日《あす》にでもここへ来《き》て、ぼくを刑《けい》務所《むしょ》から出《だ》してくれるだろう――。」

ルパンは、自信《じしん》たっぷりといったようすで、にやりとしました。

10 身分《みぶん》の高《たか》い男性《だんせい》

その日《ひ》の夕方《ゆうがた》、ルパンがいったとおりのことが起《お》きました。二人《ふたり》の紳士《しんし》が、ルパンをたずねてきたのです。

そのうちの一人《ひとり》は、きわめて身分《みぶん》の高《たか》い人《ひと》だとわかる、とくべつな空気《くうき》につつまれていました。*モノクルをつけて、黒《くろ》い大《おお》きな口《くち》ひげを生《は》やし、高級《こうきゅう》そうなマントを着《き》ていました。

もう一人《ひとり》は、こわい顔《かお》をした、中年《ちゅうねん》の軍人《ぐんじん》でした。

「――おまえが、ルパンだな。わたしがだれか、わかるか。」

身分《みぶん》の高《たか》い紳士《しんし》は、ルパンが入《はい》っている独房《どくぼう》の前《まえ》に立《た》ち、鉄格子《てつごうし》ごし

に、太《ふと》い声《こえ》でいいました。

*モノクル…かたほうの目《め》にだけ使《つか》う、レンズが一《ひと》つのめがね。

ルパンは、深《ふか》く、おじぎをしました。

「はい、＊1陛下《へいか》。しょうちしております。ドイツの＊2カイゼル皇帝《こうてい》——。」

「わたしの名《な》は、口《くち》にしてはならん。」

「はい。」

「では、わたしが何《なに》をしに来《き》たかも、わかっているわけだな。」

「ぼくを、この刑務所《けいむしょ》から出《だ》して、ベルデンの古城《こじょう》へ、つれていってくださるのでしょう。」

「そうだ。すでに、フランスの首相《しゅしょう》と、パリ警視庁《けいしちょう》の警視総監《けいしそうかん》にたのんである。じきに、ゆるしが出《で》るだろう。」

「ありがとうございます。」

「ルパン。おまえは、手紙《てがみ》で、ベルデンの古城《こじょう》にかくされたひみつを、見《み》つけだすことができると書《か》いていたな。」

「ええ、それができるのは、ぼくしかいません。」

「だが、ハーロック・ショームズ探偵《たんてい》は、失敗《しっぱい》したぞ。」

「かれには無理《むり》でも、ぼくにはできます。ぼくのほうが、かれよりも、頭《あたま》がよいですから。」

「ケッセルバッハや、わたしらがさがしている物《もの》が、どんなたいへんな物《もの》か、おまえは気《き》づいているのだな。」

「だいたいの想像《そうぞう》は、ついています。まず、世《よ》の中《なか》に公開《こうかい》されれば、ドイツとまわりの国《くに》で大問題《だいもんだい》になり、ヨーロッパじゅうが戦争《せんそう》になるような物《もの》であること。それから、ピエールという青年《せいねん》は、カイゼル皇帝《こうてい》と血《ち》のつながった――。」

＊1陛下《へいか》…天皇《てんのう》や国王《こくおう》などをうやまったよび方《かた》。
＊2カイゼル皇帝《こうてい》…ドイツ皇帝《こうてい》のよび名《な》。日本では、とくにウィルヘルム2世《せい》（一八五九－一九四一年《ねん》）を指《さ》すことが多《おお》い。

「それ以上《いじょう》は、口《くち》にしてはならんぞ。」

「はい、陛下《へいか》。」

「ねんのための質問《しつもん》だ。おまえは、ひみつの正体《しょうたい》を知《し》ったあとで、それを使《つか》い、わたしたちをおどすのではないか。」

身分《みぶん》の高《たか》い紳士《しんし》は、うたがうような目《め》で、ルパンを見《み》ました。

しかし、ルパンは、にこやかにわらいました。

「いいえ、そんなことはしません。ぼくは、なぞ解《と》きや、冒険《ぼうけん》がすきなのです。正直《しょうじき》にいうと、元々《もともと》は、このひみつを解《と》いて、一国《いっこく》にもなるような広《ひろ》い領地《りょうち》*を手《て》に入《い》れようと考《かんが》えていました。ですが、今《いま》は、陛《へい》下《か》のお役《やく》に立《た》とうと考《かんが》えております。」

「なぜだ。」

「それが、フランスの平和《へいわ》にかかわる物《もの》であり、また、陛下《へいか》にとって大《たい》切《せつ》な物《もの》だとわかったからです。ぼくを自由《じゆう》にしてくださるお礼《れい》として、見《み》つけだした物《もの》は、すべて、陛下《へいか》におわたししましょう。

その代《か》わり、どうか、ドイツ警察《けいさつ》やフランス警察《けいさつ》……、とくにガニマール警部《けいぶ》やショームズ探偵《たんてい》が、ぼくを追《お》わないようにしてください。かれらにじゃまされると、なぞ解《と》きに集中《しゅうちゅう》できなくなりますから。」

*領地《りょうち》…自分《じぶん》のものとして持《も》っていて、支配《しはい》する土地《とち》。

「よろしい。ルパン、おまえを完全《かんぜん》に自由《じゆう》にしてやろう。すぐにでも、わたしのさがす物《もの》を見《み》つけて、わたしを安心《あんしん》させてくれ。」

「はい。どうか、ぼくを信《しん》じてください。」

力強《ちからづよ》くいうと、ルパンは、刑務所《けいむしょ》から出《で》るためのしたくを始《はじ》めたのでした。

11 ベルデン村《むら》の古城《こじょう》

「――いいか、ルパン。ぜったいに、にげるなよ。にげても、すぐにつかまえるからな。」

この数時間《すうじかん》で、ワルデマール隊長《たいちょう》がこういうのは、もう何回目《なんかいめ》でしょうか。ドイツの西部《せいぶ》にあるベルデン村《むら》に着《つ》いたとき、またも、ねんをおしたワルデマール隊長《たいちょう》は、きのう、ドイツの皇帝《こうてい》の後《うし》ろにいた人物《じんぶつ》です。

ルパンは、くすりとわらいました。

「にげませんよ。ベルデン村《むら》の古城《こじょう》にかくされたひみつを、この手《て》で、あばくまではね。」

ベルデン村《むら》の古城《こじょう》は、ライン川《がわ》のそばに、たっていました。六百年前《ねんまえ》につくられた古《ふる》い城《しろ》で、まわりは深《ふか》い森《もり》になっています。

「皇帝《こうてい》より、おまえにあたえられた時間《じかん》は、あさっての昼《ひる》までだ。それまでにひみつを解《と》いて、大事《だいじ》な物《もの》を見《み》つけるんだ。そうでないと、おまえはサンテ刑務所《けいむしょ》にぎゃくもどりだからな、ルパン。」

車《くるま》が大《おお》きな門《もん》をくぐって庭《にわ》を進《すす》み、げんかん前《まえ》に行《い》くと、そこに、四人《にん》の人物《じんぶつ》が立《た》っていました。

一人《ひとり》は、ケッセルバッハ氏《し》の未亡人《みぼうじん》、ドロレスで、そのとなりは、秘《ひ》書《しょ》のチャップマンです。ドロレスは、かわらずかがやくような美《うつく》しさをはなっています。少《すこ》しはなれて、白《しろ》い髪《かみ》の老人《ろうじん》と、かれと手《て》をつないでいる、十二歳《さい》くらいの女《おんな》の子《こ》がいます。

「おむかえ、ありがとうございます、ケッセルバッハ夫人《ふじん》。」

ルパンがていねいにいうと、かのじょは、ふしぎそうな目《め》で、かれの顔《かお》を見《み》つめました。

「――おどろきました。あなたは、あのルノルマン刑事部長《けいじぶちょう》と、まったくの別人《べつじん》ですわ。顔《かお》も、すがたも、何《なに》もかもちがっています。」

「ええ、今《いま》のぼくは、ロシアの公爵《こうしゃく》*になりきっているのです。」

「ほんとうに、あなたは、主人《しゅじん》を殺《ころ》していないのですか。」

ドロレスは、まだ、ルパンのことが信《しん》じられないようにいいます。

「ぼくは、ケッセルバッハ氏《し》をおどかしただけです。ぼくが犯人《はんにん》なら、秘書《ひしょ》のチャップマンくんも、いっしょに殺《ころ》していたはずですよ。

ぼくが、この城《しろ》にかくされたひみつをあばいてみせましょう。そして、ケッセルバッハ氏《し》を殺《ころ》した犯人《はんにん》を、かならずつかまえます。」

すると、横《よこ》からワルデマール隊長《たいちょう》が、いばっていいました。

*公爵《こうしゃく》…貴族《きぞく》の位《くらい》の一《ひと》つ。爵位《しゃくい》を持《も》つ身分《みぶん》で、もっとも上位《じょうい》。「公《こう》」ともいう。

「ふん。きさまみたいな、どろぼうふぜい*に、できるものか。この城《しろ》は な、すでにハーロック・ショームズ探偵《たんてい》と、おれの部下《ぶか》たちとで、す みずみまでさがしたんだ。だが、何《なに》も見《み》つからなかったぞ。」

ばかにされても、ルパンは気《き》にしませんでした。

「それは、さがし方《かた》が悪《わる》かったのです。ショームズ探偵《たんてい》も、まちがった 場所《ばしょ》ばかり、見《み》ていたのでしょうね。」

「だったら、さっさと、ひみつをあばいてみろ。」

「まあ、あわてないで。あさっての昼《ひる》まで、たっぷり時間《じかん》があります。 長旅《ながたび》だったので、ぼくは、のどがかわきました。おいしい飲《の》み物《もの》をく れませんか。それを飲《の》みながら、なぞ解《と》きを考《かんが》えてみますから。」

にやりとわらって、ルパンは、さっさと城《しろ》の中《なか》に入《はい》りました。


*ふぜい……ここでは、「～のような者《もの》。」見下《みくだ》した意味《いみ》。

12 ルパンの危《き》機《き》

「――このコーヒーは、いいかおりですね。つかれがとれますよ。」

ルパンは、いらいらしているワルデマール隊長《たいちょう》を横目《よこめ》に、ゆっくりとくつろぎました。

それから、やっと立《た》ちあがると、老人《ろうじん》に案《あん》内《ない》をしてもらって、城《しろ》の中《なか》を回《まわ》りはじめました。女《おんな》の子《こ》も、おどおどしながら、ついてきます。

老人《ろうじん》はエンゲルという名前《なまえ》で、この城《しろ》の管理人《かんりにん》、女《おんな》の子《こ》は、かれのまごむすめのイジルダでした。イジルダは、引《ひ》っこみじあんのようで、ルパンが声《こえ》をかけても、はずかしがるばかりです。

かわ製《せい》の古《ふる》い本《ほん》と、ぼろぼろのノートと、短《みじか》いえん筆《ぴつ》を、むねに大切《たいせつ》そうにだいて、持《も》ちあるいているのでした。

広《ひろ》い城《しろ》なので、三時間《じかん》ほどかけて、一周《しゅう》しました。まわりおえたときには、もう、日《ひ》がくれようとしていました。

「――さあ、どうだ、ルパン。何《なに》か、わかったのか。」

一階《かい》にある食堂《しょくどう》で、村《むら》の料理人《りょうりにん》が用意《ようい》した夕食《ゆうしょく》をとりながら、ワルデマール隊長《たいちょう》がたずねました。あいかわらず、えらそうにふんぞりかえっています。ドロレスとチャップマンがじっと見《み》つめるなか、ルパンはワインを飲《の》み、のんびりとしたようすで答《こた》えました。

「そうですね。この城《しろ》の客室《きゃくしつ》は、どれも、ギリシャ神話《しんわ》の神様《かみさま》の名前《なまえ》がついていますが、ハーロック・ショームズ探偵《たんてい》が、いちばん時間《じかん》をかけて、くわしく調《しら》べたのは、〈アポロン〉*の部屋《へや》でしょう。」

「そうだ。どうして、わかった？」

「ケッセルバッハ氏《し》のメモに書《か》いてあった、あの、なぞの言葉《ことば》からですよ。〈APO《アポ》　ON《オン》〉は、この〈APOLLON《アポロン》〉の部屋《へや》のことです。だれかがあわてて書《か》いて、真《ま》ん中《なか》の〈LL《エルエル》〉の字《じ》がぬけてしまったか、古《ふる》い物《もの》なので、何《なに》かにこすれて、文字《もじ》がそこだけ消《き》えてしまったのでしょう。

*アポロン…ギリシャ神話《しんわ》の十二の神《かみ》の一人《ひとり》で、太陽《たいよう》や医術《いじゅつ》・音楽《おんがく》などを支配《しはい》する。

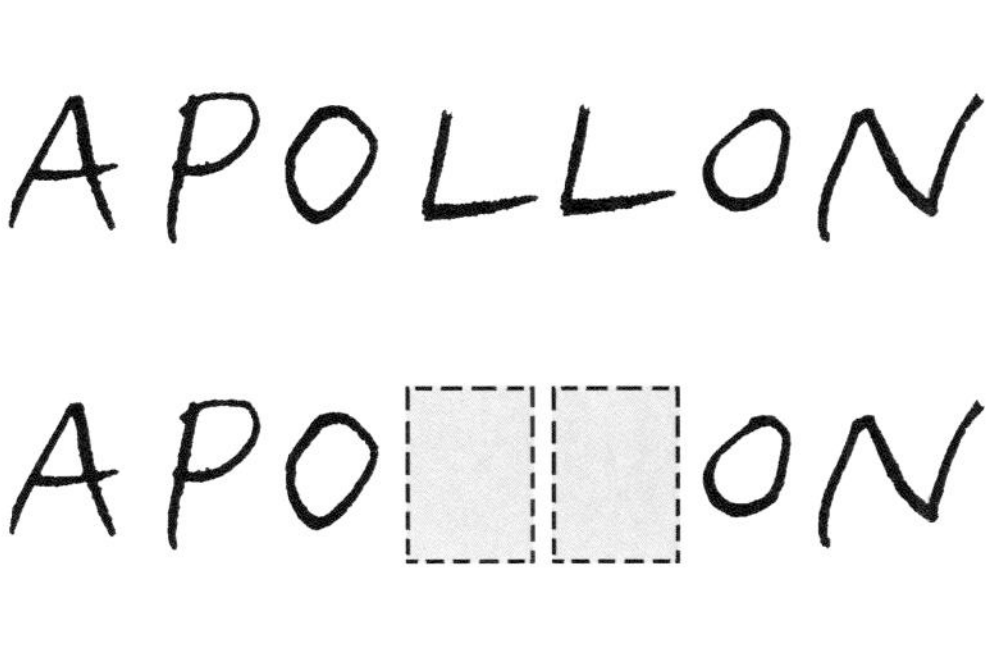

ショームズ探偵《たんてい》だって、そう考《かんが》えたはずです。こんなのは、初歩《しょほ》の推理《すいり》です、ワルデマール隊長《たいちょう》。」

「ううむ……。では、〈813〉というのは？」

「それは、〈アポロン〉の部屋《へや》を調《しら》べたら、わかるでしょうね。」

すると、ワルデマール隊長《たいちょう》が、意地悪《いじわる》くわらいました。

「だがな、ルパン。ショームズ探偵《たんてい》が、〈アポロン〉の部屋《へや》を、すみずみまで調《しら》べたが、何《なに》も見《み》つけられなかったのだぞ。」

「ふふふ。ぼくは、どろぼうですよ。さがし物《もの》は得意《とくい》ですからね――。」

そこまでいったとき、ルパンの手《て》から、ワイングラスがすべりおちました。

「……う、うう。」

うめきながら、ルパンはのどをおさえ、顔《かお》を苦《くる》しそうにゆがめます。

「どうした、ルパン!?」

ワルデマール隊長《たいちょう》は大声《おおごえ》を出《だ》し、立《た》ちあがりました。

ドロレスとチャップマンは、おどろきのあまり、こおりついています。

「うっ……くそ……ど、毒《どく》だ……ケッセルバッハを殺《ころ》した……黒《くろ》マントの男《おとこ》のしわざだ……。」

さすがのルパンも、毒《どく》には勝《か》てず、それだけいうのがやっとでした。

そのままかれは、テーブルの上《うえ》に、たおれこんでしまったのです。

13 N《エヌ》の文字《もじ》

「……うう、ここは、どこですか。」

ルパンは、やっとのことで、声《こえ》を出《だ》しました。

体《からだ》じゅうが重《おも》く、胃《い》のあたりがいたみます。苦《くる》しくて、目《め》を開《あ》けられません。頭《あたま》の中《なか》で、黒《くろ》いうずが、ぐるぐると回《まわ》っていました。

「ベルデン村《むら》の古城《こじょう》だ。きさまは、ワインにしこまれた猛毒《もうどく》にやられたんだ。村《むら》の医者《いしゃ》にみてもらったが、ふつうなら、死《し》ぬほどのおそろしい毒《どく》だそうだ。」

という声《こえ》の主《ぬし》は、ワルデマール隊長《たいちょう》でした。

ルパンは、ベッドにねかせられていました。高熱《こうねつ》で顔《かお》が赤《あか》く、全身《ぜんしん》がこきざみにふるえています。

「……ぼくは、いつも、用心《ようじん》して、*毒消《どくけ》しを飲《の》んでいます。だから、助《たす》かったのでしょう……。上着《うわぎ》の内《うち》ポケットに、その薬《くすり》が入《はい》っていますから、取《と》ってください。銀製《ぎんせい》の小《ちい》さなケースです。」

ワルデマール隊長《たいちょう》は、いわれたとおりにしました。

ルパンは、ケースの中《なか》から、ふるえる指《ゆび》で黒《くろ》い薬《くすり》を二《ふた》つぶ取《と》りだして、飲《の》みこみました。それから、ワルデマール隊長《たいちょう》にたずねました。

「……あれから、どのくらい……時間《じかん》がたちましたか。」

「城《しろ》に来《き》て、三日目《みっかめ》。もうすぐ午前《ごぜん》十一時《じ》だ。陛下《へいか》との約束《やくそく》まで、あと一時間《じかん》ほどしかないぞ。」

「……そんなに、時間《じかん》がたって……こうしては、いられない。……黒《くろ》マントの男《おとこ》が、この城《しろ》のどこかにいる……そいつが、先《さき》に、ひみつをあばいてしまう。」

「ふん。もう、おまえには無理《むり》だ、ルパン。あきらめろ。歩《ある》けるようになったら、すぐに、おまえを刑務所《けいむしょ》にもどしてやる。皇帝《こうてい》の命令《めいれい》で、

＊毒消《どくけ》し…ここでは、毒《どく》の作用《さよう》を消《け》す薬《くすり》のこと。

たくさんの兵士《へいし》をよんだから、犯人《はんにん》はすぐにつかまるさ。」

ワルデマール隊長《たいちょう》は、ばかにしたようにいいました。

「……いいえ、黒《くろ》マントの男《おとこ》は、おそろしい強敵《きょうてき》だ。ぼくが、最後《さいご》まで、やります。」

ルパンは苦《くる》しいのか、あえぎながらそういうと、目《め》をつぶりました。

顔《かお》じゅうに、玉《たま》のようなあぶらあせがうかんでいます。

少《すこ》しして、ルパンは、うっすらと、目《め》を開《あ》けました。

「ぼくを、運《はこ》んでください。二階《かい》の部屋《へや》に……。」

「どこへ？」

「……大階段《だいかいだん》を上《あ》がって、十二番目《ばんめ》の部屋《へや》、です……。」

ワルデマール隊長《たいちょう》は、どうしようかと考《かんが》えました。約束《やくそく》の時間《じかん》まで少《すこ》しありますが、どろぼうのいうことを聞《き》くのは、気分《きぶん》がよくありません。

すると、横《よこ》で心配《しんぱい》そうに見《み》ていたドロレスが、か細《ぼそ》い声《こえ》でいいました。

「隊長《たいちょう》さん。ルパンさんに、やらせてあげてください。わたしも、亡《な》くなった主人《しゅじん》がさがしていた物《もの》や、主人《しゅじん》を殺《ころ》した犯人《はんにん》を見《み》つけだしたいですわ。ごいっしょしても、よろしいですか。」

「しかたがない。だが、じゃまはしないように——。」

ワルデマール隊長《たいちょう》は部下《ぶか》に命《めい》じ、ぐったりしたルパンをいすにすわらせ、そのいすごと、二階《かい》へ運《はこ》びました。

「——おい、ルパン。十二番目《ばんめ》の部屋《へや》に着《つ》いたぞ。」

いすを下《お》ろすと、うつむいたルパンのかたを、ワルデマール隊長《たいちょう》がゆすぶりました。

ルパンは、ぼんやりと目《め》を開《あ》けました。

「……ここは、〈アポロン〉の部屋《へや》ですよね。」

「ちがう。〈アテナ〉の部屋《へや》だ。」

「えっ、〈アポロン〉の部屋《へや》ではない？」

ルパンはびっくりしたように、見回《みまわ》しました。頭《あたま》も体《からだ》も、あちこちがいたむようで、けわしい顔《かお》です。

「……どうして、そんなまちがいが……。それに、大時計《おおどけい》の上《うえ》にも、だんろの上《うえ》にも、大《おお》きな金《きん》の〈N《エヌ》〉の文字《もじ》がある。〈ATHENA《アテナ》〉なら、頭文字《かしらもじ》は、〈A《エー》〉なのに……。

……813は、何《なに》をしめしているか。ああ、いつもなら、こんな問《もん》題《だい》は五分《ふん》で解《と》けるのに、毒《どく》のせいで、頭《あたま》がうまくはたらかない……。」

ぶつぶつとつぶやくルパンを、ワルデマール隊長《たいちょう》もドロレスも、じっと見守《みまも》りました。

すると、そのときでした。

ろう下《か》が、がやがやとさわがしくなりました。

「陛下《へいか》！」

ワルデマール隊長《たいちょう》がぴんと背《せ》すじをのばし、*敬礼《けいれい》しました。

ドイツのカイゼル皇帝《こうてい》が、三人《にん》の家来《けらい》を引《ひ》きつれて、部屋《へや》に入《はい》ってきたのです。

「どうだ、ワルデマール隊長《たいちょう》。ルパンは、れいの物《もの》を見《み》つけたか。」

「それが――。」

と、ワルデマール隊長《たいちょう》は、これまでの出来事《できごと》を話《はな》しました。

カイゼル皇帝《こうてい》は、ぐったりしているルパンを、つめたい目《め》で見下《みお》ろしました。

「やはり、どろぼうなどにたのんだのが、まちがいだった。こいつは悪人《あくにん》で、しかも、うそつきなのだ。ケッセルバッハ氏《し》を殺《ころ》したのも、こいつだろう。ワルデマール隊長《たいちょう》、ルパンを刑務所《けいむしょ》へつれていけ。」

それを聞《き》いて、ルパンが必死《ひっし》に顔《かお》を上《あ》げました。

「……待《ま》ってください、陛下《へいか》。約束《やくそく》の時間《じかん》まで……もう少《すこ》しで、なぞが解《と》けます。ぼくなら、きっと……。」

「だったら、さっさと、わたしのさがし物《もの》を、見《み》つけだすんだ。」

「……だいじょうぶ。少《すこ》し、遠回《とおまわ》りしただけです。……ここは〈アポロン〉の部屋《へや》ではなくて、〈アテナ〉の部屋《へや》だから……。」

＊敬礼《けいれい》…ここでは、うやまう気持《きも》ちをこめて、右手《みぎて》を高《たか》く上《あ》げること。

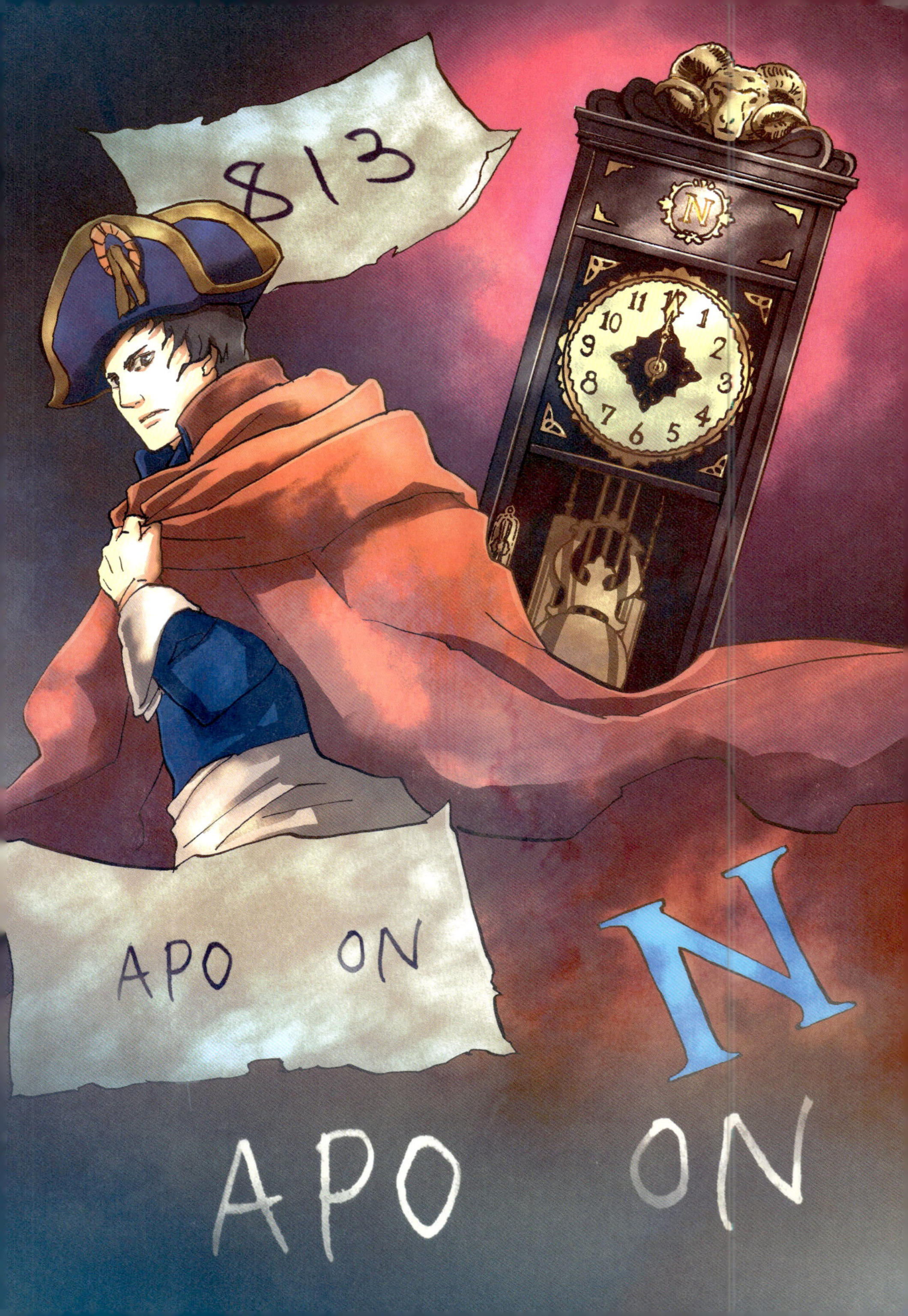
813
N
APO ON
N
APO ON

そういいながら、意識《いしき》をはっきりさせるように、ルパンは何度《なんど》か頭《あたま》をふりました。

「……陛下《へいか》。もしかして、ここは、その昔《むかし》、ナポレオン皇帝《こうてい》が、この城《しろ》を落《お》としたあとに、とまった部屋《へや》ではありませんか。」

ドイツの皇帝《こうてい》は、深《ふか》くうなずきました。

「ああ、そうだ。それで記念《きねん》に、時計《とけい》の上《うえ》やかべに、金《きん》で〈N《エヌ》〉の文字《もじ》が、はめこんであるのだ。」

「……このあたりの土地《とち》をおさめていた、陛下《へいか》の近《ちか》い親《しん》せき、大公《たいこう》ヘルマン三世《せい》も、この部屋《へや》を使《つか》われていましたね。」

「うむ。この古城《こじょう》は、かれの別荘《べっそう》のようなものだからな。」

「……もう、ちょっとだ。すぐそこに、答《こた》えはある……。」

そういうと、ルパンは目《め》をつぶり、ねむったように動《うご》かなくなりました。

「おい、ルパン。もう、時間《じかん》がないぞ。あと十分《ぷん》だ！」

ワルデマール隊長《たいちょう》は、いらいらした声《こえ》でいいました。

……一分《ぷん》、二分《ふん》、三分《ぷん》、……五分《ふん》。ルパンも、その場《ば》にいるだれもが無言《むごん》のまま、時間《じかん》だけがすぎていきます。

とつぜんルパンがゆっくり顔《かお》を上《あ》げて、かべの前《まえ》に立《た》っているふりこ*時計《どけい》を見《み》ました。高《たか》さが大人《おとな》の背《せ》と同《おな》じくらいある、大《おお》きな時計《とけい》です。

「ワルデマール隊長《たいちょう》、……約束《やくそく》まで、のこりの時間《じかん》は？」

「十二時《じ》まで、あと一分《ぷん》だ、ルパン。」

ワルデマール隊長《たいちょう》は、きびしい声《こえ》で答《こた》えました。

「そう。時間《じかん》が……大事《だいじ》……。」

「三十秒《びょう》──あと十秒《びょう》──五秒《びょう》──三秒《びょう》──。」

ルパンが、かっと目《め》を見開《みひら》きました。

「ワルデマール隊長《たいちょう》、大時計《おおどけい》の前《まえ》に立《た》ってください。急《いそ》いで！」

ルパンのあまりのはくりょくに負《ま》けて、ワルデマール隊長《たいちょう》は、急《いそ》いで、大時計《おおどけい》のところへかけよりました。

＊ふりこ時計《どけい》…ふりこのゆれる動《うご》きを利用《りよう》して、針《はり》を一定《いってい》の速《はや》さで動《うご》くようにした時計《とけい》。

14

813のひみつ

十二時《じ》になり、長針《ちょうしん》と短針《たんしん》が上《うえ》で重《かさ》なり、大時計《おおどけい》がぼーん、ぼーんと鳴《な》りだしました。

ルパンは、いすにすわったまま、時計《とけい》の文字盤《もじばん》を見《み》つめています。

*時報《じほう》が鳴《な》りおわりましたが、何《なに》も起《お》きません。

「ルパン、どうすればいいんだ。」

ワルデマール隊長《たいちょう》は、時計《とけい》の前《まえ》にあったいすをどけて、文字盤《もじばん》とふりこの入《はい》ったガラスとびらを開《あ》けました。

「ワルデマール隊長《たいちょう》。文字盤《もじばん》の数字《すうじ》のところを、指《ゆび》で強《つよ》くおしてみてく

ださい。8、1、3のじゅんにです。ほら、それぞれの数字《すうじ》が、少《すこ》し出《で》っぱっていて、おすと、スイッチのように引《ひ》っこむでしょう。」

「ああ。」

「そうしたら、時計《とけい》の針《はり》を回《まわ》して、もう一度《いちど》、十二時《じ》になるようにしてください。めんどうですが、針《はり》を時計回《とけいまわ》りに進《すす》めて――。」

ワルデマール隊長《たいちょう》は、ルパンの言葉《ことば》に、したがいました。

カイゼル皇帝《こうてい》も、ドロレスも、何《なに》が起《お》こるのかと、息《いき》をのんで、そのようすを見守《みまも》っています。

＊時報《じほう》…正《ただ》しい時《じ》こくを知《し》らせる音《おと》。

長針《ちょうしん》と短針《たんしん》が、ふたたび文字盤《もじばん》の十二時《じ》のところで重《かさ》なり、ボーン、ボーンと、大《おお》きく鳴《な》りひびきました。

そして、十二回《かい》、鳴《な》ったときでした。

ガチャン！

音《おと》を立《た》てると、針《はり》がぴたりと止《と》まり、ふりこも動《うご》かなくなったのです。

「おおっ。」

声《こえ》を上《あ》げたのは、カイゼル皇帝《こうてい》でした。

大時計《おおどけい》のいちばん上《うえ》にある、羊《ひつじ》のかざりがカタンと音《おと》を立《た》てて、前《まえ》にたおれたではありませんか。

その後《うし》ろには、小《ちい》さな、四角《しかく》いくぼみがありました。

「ううむ。こんなしかけがあったとは――。」

と、カイゼル皇帝《こうてい》は、目《め》を丸《まる》くしました。

「くぼみの中《なか》にある物《もの》を、取《と》りだしてください。それこそが、陛下《へいか》が、のどから手《て》が出《で》るほど、ほしがっている物《もの》ですよ。」

ルパンがいいおわる前《まえ》に、ワルデマール隊長《たいちょう》が手《て》をのばしていました。

そして、中《なか》にあった物《もの》をつかみました。

それは、古《ふる》い、かわ表紙《ひょうし》の本《ほん》のようでした。

「まあ、それはなんですの!?」

入《い》り口《ぐち》の近《ちか》くにいたドロレスが、声《こえ》を上《あ》げました。

ですが、ワルデマール隊長《たいちょう》は返事《へんじ》をせず、部下《ぶか》に命《めい》じて、かのじょをろう下《か》におしだしてしまいました。

ドアのしまった部屋《へや》の中《なか》には、ルパン、カイゼル皇帝《こうてい》、ワルデマール

隊長《たいちょう》の三人《にん》だけとなりました。

「ルパン、その本《ほん》が、わたしのさがしていた物《もの》か。」

と、カイゼル皇帝《こうてい》が、ひくい声《こえ》でたずねました。

ワルデマール隊長《たいちょう》は、本《ほん》の表紙《ひょうし》を開《ひら》きました。

ルパンはしずかに、話《はな》しはじめました。

「ええ。そうです、つまり、陛下《へいか》の親《しん》せきのヘルマン三世《せい》が、この城《しろ》で書《か》いた日記《にっき》ですね。病気《びょうき》で亡《な》くなる前《まえ》に、その大時計《おおどけい》の中《なか》にこっそり

しまいこみ、*1側近《そっきん》の者《もの》だけに〈813〉などの暗号《あんごう》をつたえたわけです。そして、その日記《にっき》には、ドイツが昔《むかし》からもくろんでいた*2外交《がいこう》やら、*3条約《じょうやく》やらが書《か》いてあります。今《いま》、それが世《よ》の中《なか》に出《で》れば、フランスもイギリスもだまっていません。ヨーロッパで、大《おお》きな戦争《せんそう》が起《お》きてしまうでしょう。」

ルパンの言葉《ことば》を聞《き》いて、カイゼル皇帝《こうてい》は、苦《くる》しそうにいいました。

「ああ……たいへんなことになる。それは、さけなければならん。」

「それから、この日記《にっき》には、もう一《ひと》つ、ヘルマン三世《せい》のただ一人《ひとり》の子《こ》ども、あとつぎの王子《おうじ》についても書《か》いてあるでしょうね。その名《な》は、ピエールといいます。

ヘルマン三世《せい》が、ピエールの母親《ははおや》とまだ正式《せいしき》に結婚《けっこん》していなかったため、子《こ》どもが生《う》まれたことは、陛下《へいか》をふくめて数人《すうにん》しか知《し》りません。世間《せけん》に対《たい》しては、ひみつにされていたことです。

ヘルマン三世《せい》がここで亡《な》くなったとき、城《しろ》には、ナポレオンがひきいるフランス軍《ぐん》がせめてきて、城《しろ》にいた人《ひと》たちは、ほとんど亡《な》くなりました。うわさによると、ヘルマン三世《せい》の赤《あか》んぼうは、＊4乳母《うば》がだいて、ひみつの地下道《ちかどう》から外《そと》へにげたそうです。」

具合《ぐあい》がよくなってきたらしく、ルパンは話《はなし》をつづけました。

「待《ま》て。ピエール王子《おうじ》は生《い》きていたわけか。」

カイゼル皇帝《こうてい》は、重々《おもおも》しくいいました。

「ええ、そこで、殺《ころ》されたケッセルバッハ氏《し》のことになります。かれは、ずいぶん大金《たいきん》をはたいて、ヘルマン三世《せい》の元側近《もとそっきん》から、この日記《にっき》のあ

＊1側近《そっきん》…身分《みぶん》の高《たか》い人《ひと》などの、そば近《ちか》くに仕《つか》えること。また、その人《ひと》。　＊2外交《がいこう》…外国《がいこく》とのつきあいや、話《はな》し合《あ》い。
＊3条約《じょうやく》…国《くに》と国《くに》との間《あいだ》の法律的《ほうりつてき》な約束《やくそく》。　＊4乳母《うば》…母親《ははおや》に代《か》わって、子《こ》どもに乳《ちち》を飲《の》ませて育《そだ》てる女《おんな》の人《ひと》。

りかをしめす暗号《あんごう》と、ピエール王子《おうじ》の情報《じょうほう》を買《か》いとりました。

あのダイヤモンド王《おう》は、この日記《にっき》とピエール王子《おうじ》――つまり、ヘルマン四世《せい》――を見《み》つけて手《て》なずけ、広《ひろ》い領地《りょうち》を手《て》に入《い》れようと考《かんが》えたわけです。」

「ピエール王子《おうじ》は、見《み》つかったのか。」

「……いいえ。どこにいるのか、だれも知《し》りません。ケッセルバッハ氏《し》が亡《な》くなってしまったので、かれの調《しら》べがどこまで進《すす》んでいたか、それも、わかりません。」

と、ルパンはざんねんそうにいいました。

しかし、それはもちろん、うそでした。

(まあ、ピエールと思《おも》われる青年《せいねん》を、ぼくが、かくまっていますがね。

かれが、ほんとうに王子《おうじ》かどうかは、これからわかることですよ。）と、心《こころ》の中《なか》では、つぶやいていたのです。

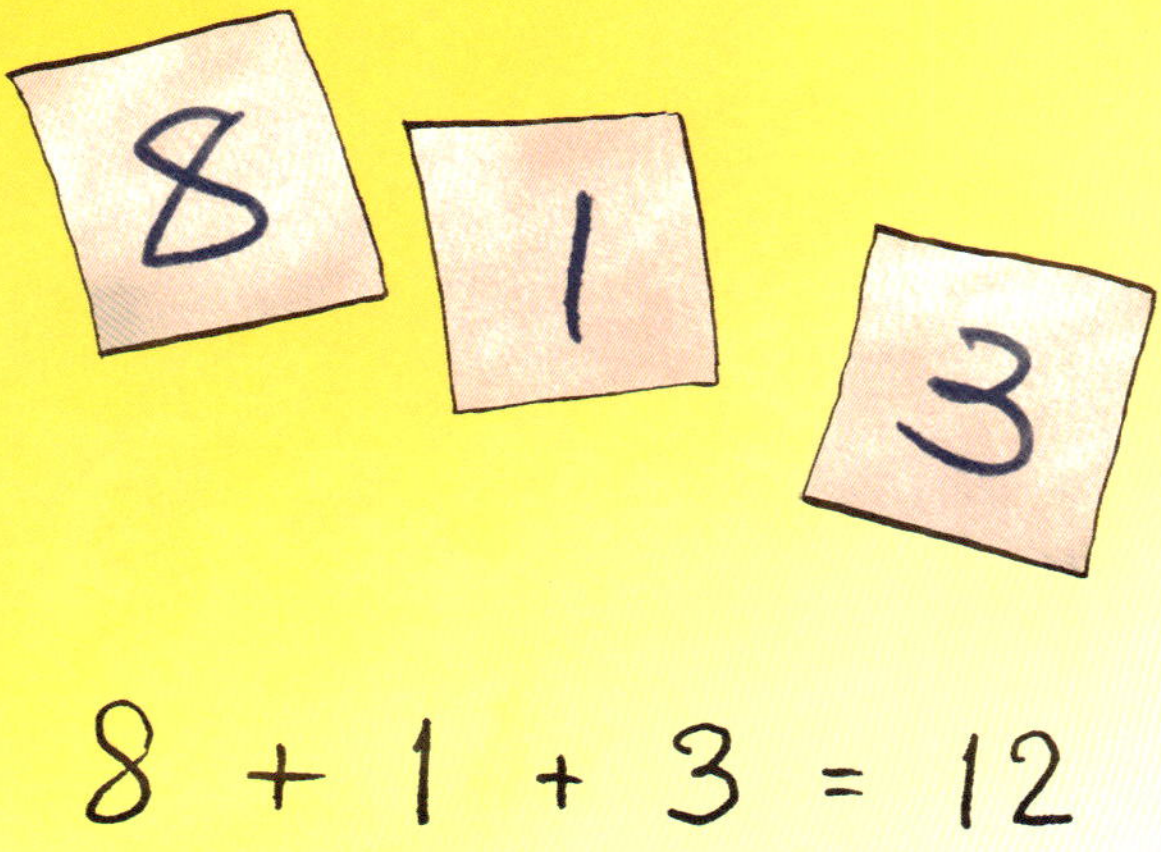

「ルパン。おまえはどうして、その日記《にっき》がこの部屋《へや》――〈アテナ〉の部屋《へや》――にあると思《おも》ったのだ。そして、時計《とけい》のしかけは、どうしてわかったんだ。」

ドイツの皇帝《こうてい》が、たずねました。

「じっくりと推理《すいり》したのです。

まず、〈813〉という暗号《あんごう》を〈八百十三《はっぴゃくじゅうさん》〉と読《よ》むのではなく、〈8《はち》、1《いち》、3《さん》〉と分《わ》けてみたらどうかと考《かんが》えました。その三つの数字《すうじ》をたすと、〈12〉になります。

ですから、十二番目《ばんめ》の部屋《へや》である、ここへつれてきてもらいました。部《へ》屋《や》が十二以上《いじょう》あるのは、ここ二階《かい》ですからね。

昔《むかし》、ナポレオン皇帝《こうてい》がとまった部《へ》屋《や》だと知《し》っていたら、もっと早《はや》く、なぞ解《と》きができたんですが。

暗号《あんごう》の、〈APO《アポ》　ON《オン》〉というのは、〈NAPOLEON《ナポレオン》〉の部屋《へや》をしめしていたのです。長《なが》い年月《ねんげつ》の間《あいだ》に、〈N《エヌ》〉〈L《エル》〉〈E《イー》〉の文字《もじ》が、かすれて消《き》えたのでしょう。ぼくもはじめは、ショームズ探偵《たんてい》と同《おな》じように、〈アポロン〉の部屋《へや》のことだと、かんちがいしていましたが。

そして、この部屋《へや》だとわかれば、大時計《おおどけい》があやしいとにらんだので

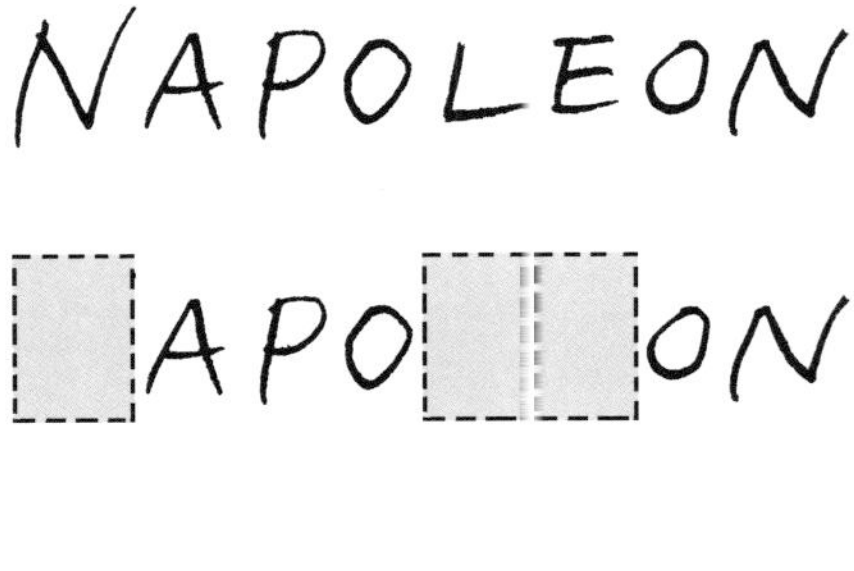

す。８、１、３、12という数字《すうじ》が全部《ぜんぶ》あるのは、時計《とけい》しかありませんからね。」

ルパンは、自分《じぶん》の推理《すいり》をじまんげに語《かた》りました。

ふと、ワルデマール隊長《たいちょう》が日記《にっき》を読《よ》みおえたようで、顔《かお》を上《あ》げました。

「――ルパン。たしかにこれは、ヘルマン三世《せい》の書《か》いた物《もの》だ。だが、政《せい》治《じ》のことも、ピエール王子《おうじ》のことも、何一《なにひと》つ書《か》いてないぞ。これは、ヘルマン三世《せい》が、この古城《こじょう》へ来《く》る前《まえ》の日記《にっき》だ。」

「えっ！」

ルパンはおどろいて、目《め》を見開《みひら》きました。

「つまり、陛下《へいか》のさがし物《もの》ではないぞ。」

ワルデマール隊長《たいちょう》の声《こえ》が、つめたく部屋《へや》にひびきました。

15 にげる怪人《かいじん》、追《お》いかけるルパン

「おまえは、失敗《しっぱい》したのだ。時間切《じかんぎ》れだぞ、ルパン。」

カイゼル皇帝《こうてい》の声《こえ》が、ひびきます。

「いえ、見《み》つけます。つづきの日記《にっき》をさがしだします。」

ルパンは思《おも》いつめた顔《かお》でいいましたが、ワルデマール隊長《たいちょう》は、鼻《はな》でわらうと、手錠《てじょう》を出《だ》して、ルパンの両《りょう》うでにはめました。そして、ナポレオンの部屋《へや》の外《そと》へと引《ひ》っぱっていきます。そのようすを、ドロレスが心配《しんぱい》そうに見《み》つめていました。

さすがのルパンも、真《ま》っ青《さお》でした。

（――あ、あいつだ。黒《くろ》マントの男《おとこ》に、先《さき》をこされた。ケッセルバッハ氏《し》を殺《ころ》し、ぼくに毒《どく》を飲《の》ませた殺人鬼《さつじんき》は、やはりこの城《しろ》の中《なか》にいるのだ。そして、大事《だいじ》な日記《にっき》を、うばわれてしまった！）

ワルデマール隊長《たいちょう》は、ルパンを空《あ》いている部屋《へや》にとじこめ、ドアにかぎをかけました。

毒《どく》が回《まわ》り、体《からだ》の具合《ぐあい》が悪《わる》いせいでしょうか。ルパンは、そのままおとなしく、ベッドにたおれこみました。

——二時間後《じかんご》。ルパンは、目《め》をさましました。熱《ねつ》があるのか、顔《かお》も赤《あか》らんでいますが、歯《は》を食《く》いしばって、なんとか立《た》ちあがります。これも日《ひ》ごろ、体《からだ》を、しっかりきたえておいたおかげでしょう。

(黒《くろ》マントの男《おとこ》め。ぜったいに、つかまえてやるぞ！)

ルパンは、あらためて心《こころ》にちかうと、部屋《へや》のすみに落《お》ちていた針金《はりがね》の切《き》れはしを使《つか》って、手錠《てじょう》を、あっという間《ま》にはずしました。

ルパンは、ドアの外《そと》の見《み》はりに気《き》づかれないように、しずかにまどを開《あ》け、外《そと》に出《で》ました。そこは二階《かい》でしたが、かべの出《で》っぱりを軽々《かるがる》とつたい、えだをのばした木《き》にとびつき、地上《ちじょう》に下《お》りたのです。

（早《はや》いところ、イジルダを見《み》つけなくては――。）

ルパンは、この二時間《じかん》、ゆめうつつの中《なか》で、推理《すいり》をつづけていました。

そして、もう一《ひと》つの日記《にっき》をだれが持《も》っているか、気《き》づいたのです。

それは――。少女《しょうじょ》、イジルダにちがいありません。イジルダは、ノートやえん筆《ぴつ》といっしょに、かわ製《せい》の本《ほん》を持《も》ちあるいていましたが、それは、時計《とけい》のかくしあなから出《で》てきた日記《にっき》とそっくりだったのです。

それに、〈ナポレオン〉の部屋《へや》の、大《おお》きな時計《とけい》の前《まえ》には、いすがありました。

背《せ》のひくいイジルダは、いすの上《うえ》にのって、時計《とけい》の文字盤《もじばん》の〈8〉と〈1〉と〈3〉のスイッチをおし、かくしあなから、ヘルマン三世《せい》の日記《にっき》を取《と》ったのでしょう。

この城《しろ》で生《う》まれそだったイジルダは、ナポレオン皇帝《こうてい》やヘルマン三世《せい》が使《つか》った部屋《へや》のこと、日記《にっき》や、813という暗号《あんごう》のことを、つたえきいていたのでしょう。かしこい少女《しょうじょ》は、時計《とけい》のしかけに気《き》づいたのです。

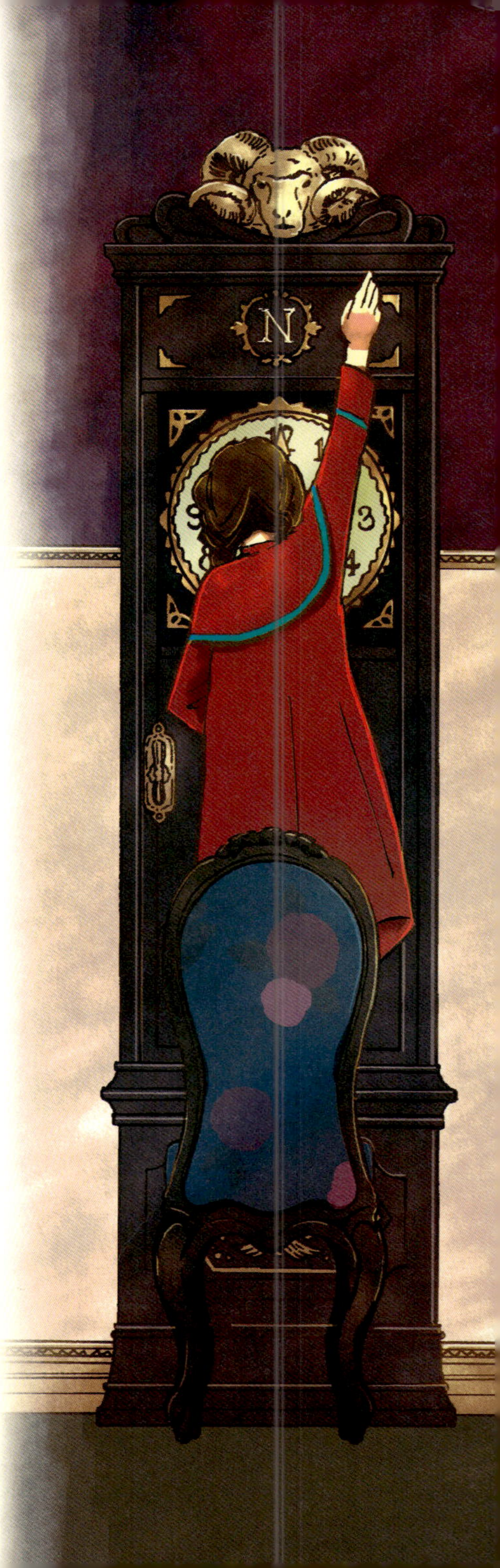

「あの子《こ》が日記《にっき》を持《も》っていたら、黒《くろ》マントの男《おとこ》にねらわれる！」

ルパンはあせりながら、エンゲルとイジルダがくらす部屋《へや》をさがしました。それは、古城《こじょう》のおくにありました。

「しまった。おそかったか！」

ドアを開《あ》けたルパンは、小《ちい》さくさけびました。

テーブルのわきに、エンゲルとイジルダが、たおれていたのです。

二人《ふたり》とも毒《どく》を飲《の》まされたらしく、ゆかにコップが転《ころ》がっていました。

かろうじて、息《いき》をしています。ルパンはあわてて、二人《ふたり》が飲《の》んだ物《もの》をはかせて、それから、いつも持《も》っている毒消《どくけ》しの薬《くすり》を飲《の》ませました。

「これで、助《たす》かればいいが……。」

ルパンは心配《しんぱい》そうにいい、それから、まわりを見《み》ました。

イジルダが持《も》っていた、かわ製《せい》の本《ほん》は、どこにもありません。ぼろぼろのノートとえん筆《ぴつ》だけが、少女《しょうじょ》がたおれていたそばに落《お》ちていました。

「またも、黒《くろ》マントの男《おとこ》に先《さき》をこされてしまった。日記《にっき》をうばうために、なんの罪《つみ》もない二人《ふたり》を殺《ころ》そうとするとは、ほんとうにひどいやつだ。かわいそうに――。ぜったいに、かたきをうってやるからな！」

ルパンの目《め》は、いかりにもえていました。

すぐさま、ルパンは、城《しろ》の中《なか》にいるカイゼル皇帝《こうてい》の部下《ぶか》たちに見《み》つからないようにしながら、入《い》り口《ぐち》へと急《いそ》ぎました。外《そと》へ出《で》たとき、門《もん》のほうで、車《くるま》のエンジンの音《おと》がしました。

「もしや！」

ルパンは、そちらへ走《はし》りました。門《もん》から出《で》ると、車《くるま》が一台《だい》、森《もり》の中《なか》に消《き》えていくところでした。

「きっと、マントの男《おとこ》だ。」

ルパンは、門《もん》のかげにかくしてあったバイクに、とびつきました。城《しろ》からにげるときのために、部下《ぶか》のマルコに用意《ようい》させておいたのです。

急《いそ》いでエンジンをかけ、ものすごいいきおいで走《はし》りだしました。

「にがすものか！」

ルパンの乗《の》るバイクは、すぐに車《くるま》に追《お》いつきました。ルパンに気《き》づいたのか、車《くるま》がスピードを上《あ》げました。ルパンも、バイクのアクセルをふかします。

森《もり》の中《なか》の曲《ま》がりくねった道《みち》で、たいへんな競争《きょうそう》が始《はじ》まりました。車《くるま》もバイクも、土《つち》ぼこりを上《あ》げながら、猛《もう》スピードで走《はし》っていきます。

山道《やまみち》にさしかかり、車《くるま》のスピードが、
少《すこ》しだけ下《さ》がりました。
ルパンのバイクは、ついに車《くるま》とならびました。
相手《あいて》がハンドルを切《き》り、車体《しゃたい》をぶつけてきました。

「えい！」

ルパンは、車《くるま》にとびつきました。
無人《むじん》のバイクは右《みぎ》にそれてたおれ、
いきおいよく回転《かいてん》しました。
運転手《うんてんしゅ》は、ルパンをふりはらおうと、
車《くるま》を左右《さゆう》にふります。
ルパンは落《お》とされまいと、

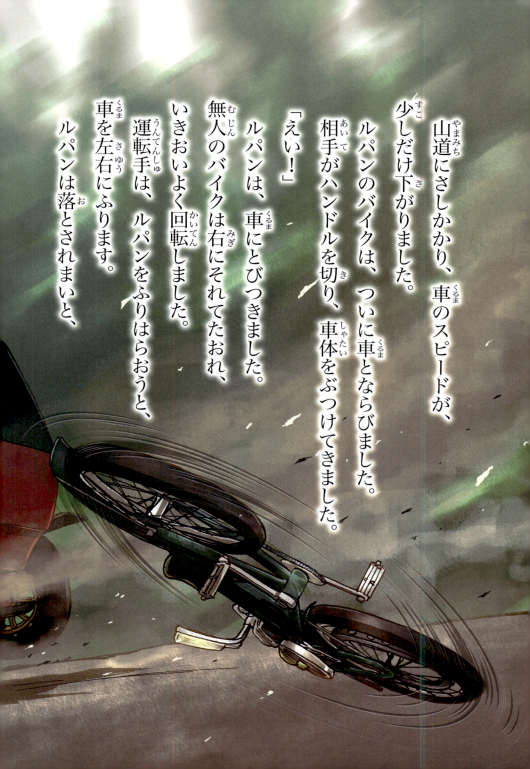

必死《ひっし》に、車《くるま》のまどわくをつかんでいました。

「むだだぞ。車《くるま》を止《と》めろ!!」

ルパンはさけび、ついに、ドアを開《あ》けることに成功《せいこう》しました。

運転手《うんてんしゅ》が、車《くるま》を道《みち》のはしによせました。

開《ひら》いたドアが、立《た》っていた木《き》にぶつかり、後《うし》ろへふっとびます。

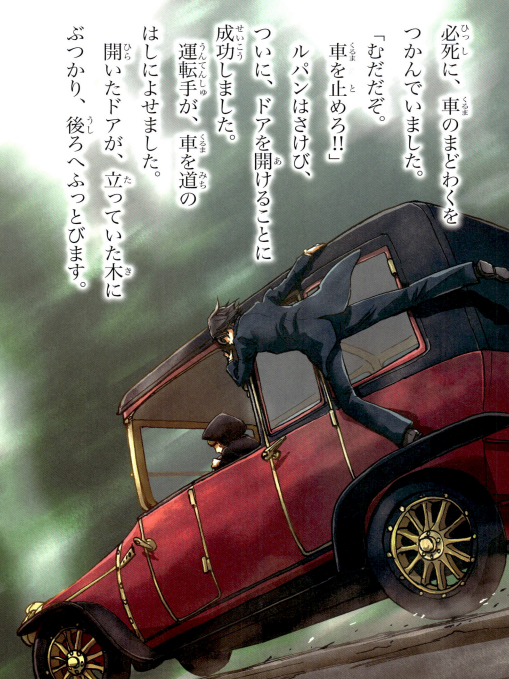

ですが、そのわずか前《まえ》に、ルパンは車《くるま》の中《なか》に入《はい》りこんでいました。

ルパンは、運転手《うんてんしゅ》につかみかかりました。しかし、運転手《うんてんしゅ》は、かた手《て》でハンドルをにぎり、もうかたほうの手《て》で、ナイフをつきつけてきました。

「こいつめ！」

ルパンは体《からだ》をひねり、同時《どうじ》に、はっしとそのうでをつかみました。あと少《すこ》しで、ナイフの刃《は》が、むねにささるところでした。

運転手《うんてんしゅ》は何《なに》かさけび、ルパンの顔《かお》にかみつこうとしました。そのため、ハンドルから手《て》がはなれ、ブレーキをふめず、車《くるま》は次《つぎ》のカーブを曲《ま》がれませんでした。

「あぶない！」

さけんだルパンは、車《くるま》の外《そと》に、自分《じぶん》の体《からだ》を投《な》げだしました。

車《くるま》は、いきおいがついたまま、そこにあった大《おお》きな岩《いわ》に、はげしくぶつかったのでした！

16 殺人鬼《さつじんき》の正体《しょうたい》

ルパンは、地面《じめん》に背中《せなか》を強《つよ》く打《う》ち、息《いき》がつまりました。そのまま、体《からだ》は石《いし》ころのように転《ころ》がり、しげみにつっこんで、やっと止《と》まりました。

「負《ま》けるものか！」

ルパンは、全身《ぜんしん》に力《ちから》をこめ、道路《どうろ》にはいでました。そして、ふらふらと立《た》ちあがると、用心《ようじん》しながら、こわれた車《くるま》まで近《ちか》よりました。

「――ああ、なんということだ！」

運転席《うんてんせき》をのぞいたルパンは、息《いき》をのみました。

しょうとつのはげしさで、運転手《うんてんしゅ》が、ナイフをにぎったまま死《し》んでいたのです。それでも、殺意《さつい》を最後《さいご》までのこしていたかのように、おそろしい顔《かお》をしていました。

「まさか、この人が――殺人《さつじん》鬼《き》だったとは。

――ドロレスが！」

ああ、そうなのです。

黒《くろ》マントの男《おとこ》――殺人鬼《さつじんき》は、ケッセルバッハ氏《し》の夫人《ふじん》、ドロレスだったのです。

「なんという――おそろしい、悪女《あくじょ》だろう。」

ドロレスは、夫《おっと》を殺《ころ》したあと、悲《かな》しみにくれるように見《み》せながら、自分《じぶん》のじゃまをするルパンに、猛毒《もうどく》を飲《の》ませたのです。さらに、ヘルマン三世《せい》の日記《にっき》をうばうために、エンゲルやイジルダまで殺《ころ》そうと、毒《どく》を飲《の》ませたのでした。

さすがのルパンも、真犯人《しんはんにん》を目《め》の前《まえ》に、身《み》ぶるいしました。

そういえば、黒《くろ》マントの男《おとこ》を見《み》たのは、ドロレスしかいません。ホテルで黒《くろ》マントの男《おとこ》におそわれたという話《はなし》は、かのじょの作《つく》り話《ばなし》だったのです。

「ルノルマン刑事部長《けいじぶちょう》をぼくの変装《へんそう》と見《み》ぬいたのも、この悪女《あくじょ》だ。一度《いちど》しか会《あ》っていないのに、素顔《すがお》に気《き》づいた、ということか。なのに、ぼくのほうは、かのじょの正体《しょうたい》に、さっきまで気《き》づかなかった。」

ルパンはそうつぶやくと、日記《にっき》をさがしはじめました。

イジルダが持《も》ちあるいていた、あのかわ製《せい》の本《ほん》は——ドロレスのコートの、大《おお》きなポケットの中《なか》にありました。

「ああ、この内容《ないよう》だ。ヘルマン三世《せい》の、もう一さつの日記《にっき》だ。これでようやく、〈８１３〉の暗号《あんごう》にまつわる事件《じけん》が終《お》わる——。」

日記《にっき》をぱらぱらとめくったルパンは、その日記《にっき》を大事《だいじ》そうにだきしめて、しっかりと、歩《ある》きはじめたのでした……。

エピローグ

「——というのが、あの『813*にかくされたなぞ事件《じけん》』のあらましなのさ、ルブラン。ぼくが出会《であ》った事件《じけん》の中《なか》でも、もっともおそろしいものだったよ。」

わたしの親友《しんゆう》である、アルセーヌ・ルパンは、わたしの部屋《へや》で、コーヒーを飲《の》みながら、この長《なが》い

エピローグ

物語《ものがたり》を語《かた》りおえたのでした。

わたし、モーリス・ルブランは小説家《しょうせつか》で、ルパンからかれの冒険談《ぼうけんだん》を聞《き》いては、それを本《ほん》にして発表《はっぴょう》してきました。今《いま》、聞《き》いたばかりの事件《じけん》も、いずれ世間《せけん》に公表《こうひょう》することになるでしょう。

「なぜ、ドロレスは、あんなひどいことをしたんだい。」

わたしは、ルパンにたずねました。

「事件《じけん》のあと、ぼくは、オランダにある、ドロレスが生《う》まれそだった家《いえ》を調《しら》べてみた。もうだれも住《す》んでいなかったが、部屋《へや》の天《てん》じょうに、かのじょのおそろしい悪事《あくじ》を記録《きろく》した日記《にっき》が、かくしてあった。

ドロレスは、ケッセルバッハ氏《し》と結婚《けっこん》する前《まえ》にも、三人《にん》の人間《にんげん》を殺《ころ》して、金《かね》を手《て》に入《い》れていた。

＊あらまし…おおよその出来事《できごと》。

ドロレスは、ダイヤモンド王《おう》と結婚《けっこん》して、金持《かねも》ちになった。だが、それでも満足《まんぞく》しなかった。

あるとき、ケッセルバッハ氏《し》の計画《けいかく》を知《し》り、かのじょは、その計画《けいかく》をのっとることを考《かんが》えた。その上《うえ》、王子《おうじ》ピエールの妻《つま》となり、女王《じょおう》となることをゆめ見《み》たわけさ。

さらには、ヘルマン三世《せい》の日記《にっき》をうばうために、管理人《かんりにん》の老人《ろうじん》や少女《しょうじょ》まで殺《ころ》そうとしたんだ。ぼくの毒消《どくけ》しの薬《くすり》で、二人《ふたり》は助《たす》かったけれどね。」

「ああ、それならよかった。

しかし、自分《じぶん》の野望《*やぼう》のために、ドロレスは、何人《なんにん》もの人《ひと》を殺《ころ》したというのか。」

エピローグ

わたしは、背《せ》すじが寒《さむ》くなりました。

ルパンも、顔《かお》をしかめていいました。

「血《ち》もなみだもない、まさに魔女《まじょ》だった。しかも、おそろしく頭《あたま》がきれる女《おんな》だった。このぼくもだまされて、あやうく命《いのち》を落《お》とすところだったからね。」

「それで、ピエール青年《せいねん》は、ドイツの王子《おうじ》になったのかい。」

わたしがたずねると、ルパンは、ざんねんそうに首《くび》をふりました。

「いいや、かれは、ほんとうは、ジェラール・ボーブレという名前《なまえ》の、別人《べつじん》だった。」

「どういうことだ？」

「どこかで、赤《あか》んぼうが、すりかえられたのさ。ヘルマン三世《せい》の赤《あか》んぼ

＊野望《やぼう》…能力《のうりょく》に合《あ》わない、大《おお》きな望《のぞ》み。大《だい》それた望《のぞ》み。

うをだいてにげた、乳母《うば》のしわざじゃないかな。

大事《だいじ》な公爵《こうしゃく》の赤《あか》んぼうを守《まも》るために、ほかの人《ひと》の赤《あか》んぼうと交《こう》かんしたんだろう。

教会《きょうかい》にのこっていた書類《しょるい》を調《しら》べてみたところ、すりかわった本物《ほんもの》のピエール王子《おうじ》は、病気《びょうき》で亡《な》くなっていた。このことを教《おし》えたら、カイゼル皇帝《こうてい》は、がっかりしていたよ。」

「ヘルマン三世《せい》の日記《にっき》は、どうなった。きみが、今《いま》でも持《も》っているのか、ルパン。」

怪盗《かいとう》は、軽《かる》くほほえみながら、首《くび》をふりました。

「いいや、あのあとすぐに、カイゼル皇帝《こうてい》にわたしたさ。そうしたら、かれは中《なか》を読《よ》んでから、だんろに投《な》げこんで、もやしてしまったよ。」

「なぜだい、日記《にっき》を使《つか》って、カイゼル皇帝《こうてい》にこちらのほしい物《もの》をいえば、たいへんな富《とみ》が手《て》に入《はい》っただろうに。」

わたしは、ちょっと、もったいない気《き》がしたのです。

ルパンは、かたをすくめました。

「サンテ刑務所《けいむしょ》、いやサンテ宮殿《きゅうでん》で、ドイツの皇帝《こうてい》と約束《やくそく》したからね。ぼくの自由《じゆう》と引《ひ》きかえに、あの日記《にっき》を見《み》つけだして、かれにわたすと。

きみだって、よく知《し》っているじゃないか、ルブラン。怪盗《かいとう》アルセーヌ・ルパンは大《おお》どろぼうだが、紳士《しんし》であり、そして生《う》まれそだった、このフランスが大《だい》すきだ。

ぼくは、どんなときでも、約束《やくそく》だけは守《まも》る。日記《にっき》がもえたことで、フランスがまきこまれそうな、大《おお》きな戦争《せんそう》をふせげたわけだからね。

何《なに》も、[*1]くいはないよ。」

「ルパン。今回《こんかい》のきみは、フランスの紳士《しんし》として、じつにりっぱだよ。」

「[*2]メルシボクー。」

ルパンはさわやかに、そして、少《すこ》してれくさそうにわらったのでした。

（おわり）

＊1くい…自分《じぶん》のしたことや、たりなかったことを、あとでざんねんに思《おも》うこと。
＊2メルシボクー…フランス語《ご》で「どうもありがとう」の意味《いみ》。

物語《ものがたり》について

『813にかくされたなぞ』について

編著《へんちょ》・二階堂黎人《にかいどうれいと》

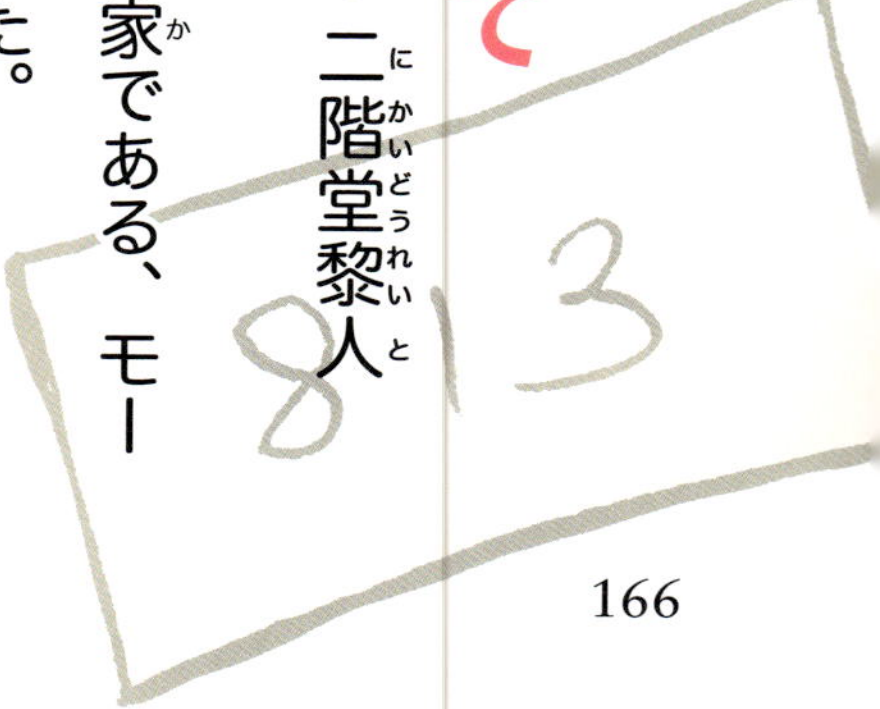

世界一有名《せかいいちゆうめい》な怪盗《かいとう》アルセーヌ・ルパンの物語《ものがたり》は、フランスの作家《さっか》である、モーリス・ルブラン（一八六四年《ねん》〜一九四一年《ねん》）という人《ひと》が書《か》きました。

ルブランが書《か》いた、ルパンのさいしょの冒険《ぼうけん》は、一九〇五年《ねん》に発表《はっぴょう》した『アルセーヌ・ルパンの逮捕《たいほ》』です。当時《とうじ》、ヨーロッパでは、コナン・ドイルという作家《さっか》が書《か》いた、名探偵《めいたんてい》シャーロック・ホームズの物語《ものがたり》が大人気《だいにんき》でしたが、ルパンの小説《しょうせつ》も、それに負《ま》けないくらい大評判《だいひょうばん》となりました。

ルブランは、生涯《しょうがい》に、ルパンの本《ほん》を二十さつ以上出《いじょうだ》しました。それらはどれもおもしろいのですが、とくに傑作《けっさく》といわれているものがあります。短編集《たんぺんしゅう》の『怪盗紳士《かいとうしんし》ルパン』や『八点鐘《はってんしょう》』、長編《ちょうへん》の『奇岩城《きがんじょう》』や『水晶《すいしょう》の栓《せん》』、『813』、『虎《とら》の牙《きば》』などです。その中《なか》でも、今回《こんかい》の物語《ものがたり》の原作《げんさく》である『813』は、いちばんお

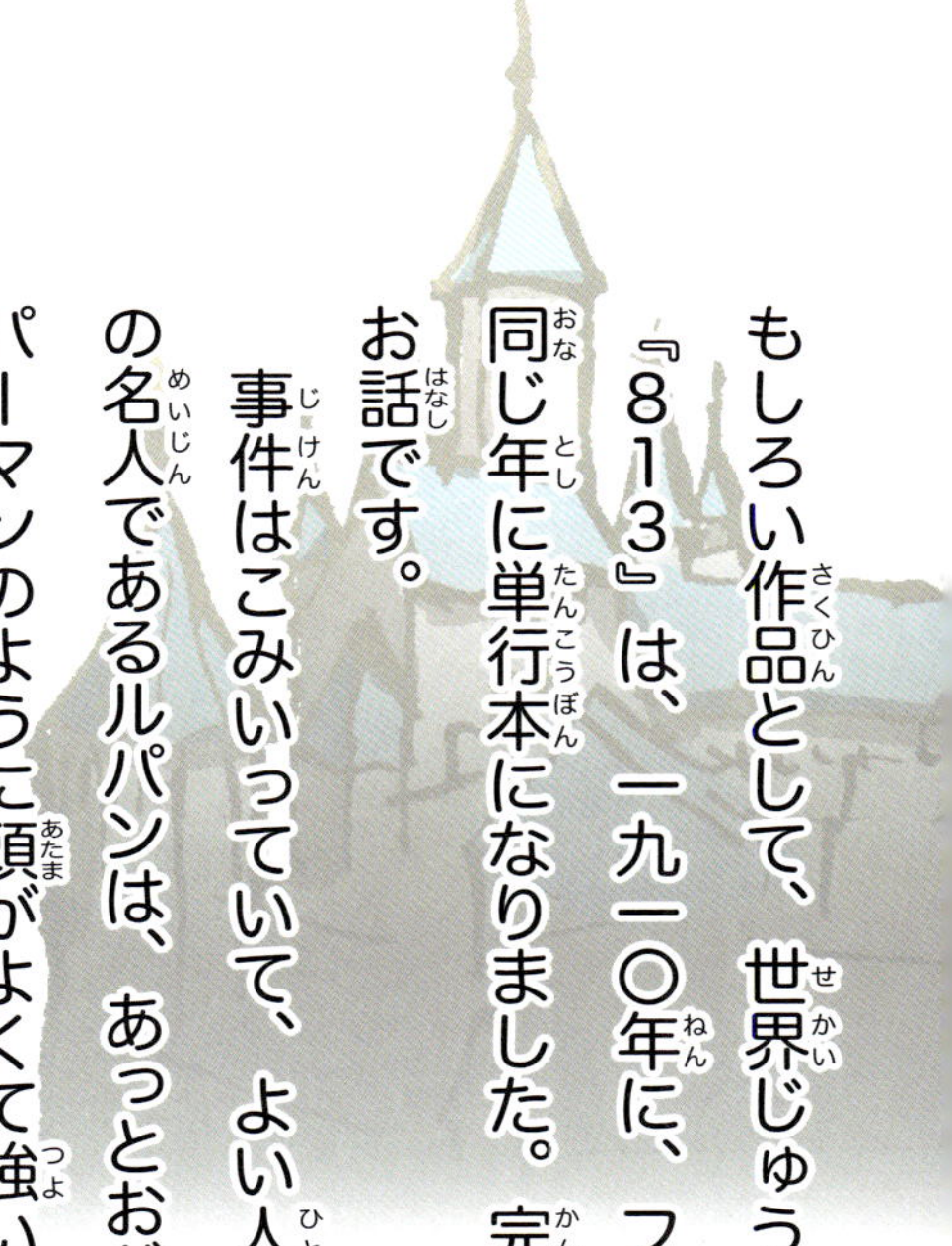

もしろい作品《さくひん》として、世界《せかい》じゅうのミステリーファンがすすめているものです。『813』は、一九一〇年《ねん》に、フランスの新聞《しんぶん》「ル・ジュルナル」に連《れん》さいされ、同《おな》じ年《とし》に単行本《たんこうぼん》になりました。完訳本《かんやくぼん》では、上下《じょうげ》二さつに分《わ》けられるほど、長《なが》いお話《はなし》です。

事件《じけん》はこみいっていて、よい人《ひと》と悪《わる》い人《ひと》が入《い》りみだれて登場《とうじょう》し、しかも、変装《へんそう》の名人《めいじん》であるルパンは、あっとおどろくような人物《じんぶつ》に化《ば》けています。そして、スーパーマンのように頭《あたま》がよくて強《つよ》いルパンでさえ、殺人鬼《さつじんき》の毒牙《どくが》にやられそうになるのです。一度《いちど》ページをめくったら、はらはらどきどきして、最後《さいご》まで読《よ》むのをやめられない魅力《みりょく》があります。わたしはそれを、読者《どくしゃ》のみなさんが読《よ》みやすいように、一さつの本《ほん》にまとめてみました。

ルパンのおもしろい本《ほん》は、たくさんあります。この名作《めいさく》ミステリーシリーズはもちろん、いつか完訳本《かんやくぼん》も読《よ》んでみて、なぞ解《と》きやトリックをルパンといっしょに、じっくりと考《かんが》えてみてください。

もっと もっと
お話《はなし》を読《よ》みたい子《こ》に…

10歳《さい》までに読《よ》みたい世界名作《せかいめいさく》 シリーズ

ここでも読《よ》める! ルパンのお話《はなし》

怪盗《かいとう》 アルセーヌ・ルパン

大金持《おおがねも》ちから盗《ぬす》みをはたらくが、弱《よわ》い人《ひと》は助《たす》ける怪盗紳士《かいとうしんし》、アルセーヌ・ルパン。あざやかなトリックで、次々《つぎつぎ》に世界中《せかいじゅう》の人《ひと》をびっくりさせる事件《じけん》を起《お》こす!

ISBN978-4-05-204190-7

プロローグ

その下からあらわれたのは、ぜんぜんちがう黒っぽい色のかみの毛。それどころか、顔つきまでが、すっかりかわっていました。

青年の顔は、ちょっと見たぐらいではわからない自然さで、けしょうがほどこされ、まるで別人に見えるようになっていました。服の下には、しかけをするなどして、体つきまでかえてあります。けれども、目つきだけは、かえることはできませんでした。そこをガニマール警部に見やぶられてしまったのです。

「わかった、わかりましたよ。ガニマール警部。たしかに、ぼくはアルセーヌ・ルパンです。こうさんしますから、その手をゆるめてくださいよ。」

23

Episode 01 怪盗《かいとう》ルパン対悪魔男爵《たいあくまだんしゃく》

(エピソード)

古城《こじょう》に住《す》む男爵《だんしゃく》に届《とど》けられた、盗《ぬす》みの予告状《よこくじょう》。差出人《さしだしにん》は、刑務所《けいむしょ》にいるはずのアルセーヌ・ルパン! ろう屋《や》の中《なか》のルパンが、どうやって美術品《びじゅつひん》を盗《ぬす》むというのか!?

Episode 02 怪盗《かいとう》ルパンゆうゆう脱獄《だつごく》

(エピソード)

「裁判《さいばん》には出《で》ない」といいはなち、ろう屋《や》からの脱走《だっそう》を予告《よこく》するルパン。そしてルパンの裁判《さいばん》の日《ひ》、たくさんの人《ひと》の前《まえ》にあらわれた男《おとこ》は、まったくの別人《べつじん》だった!?

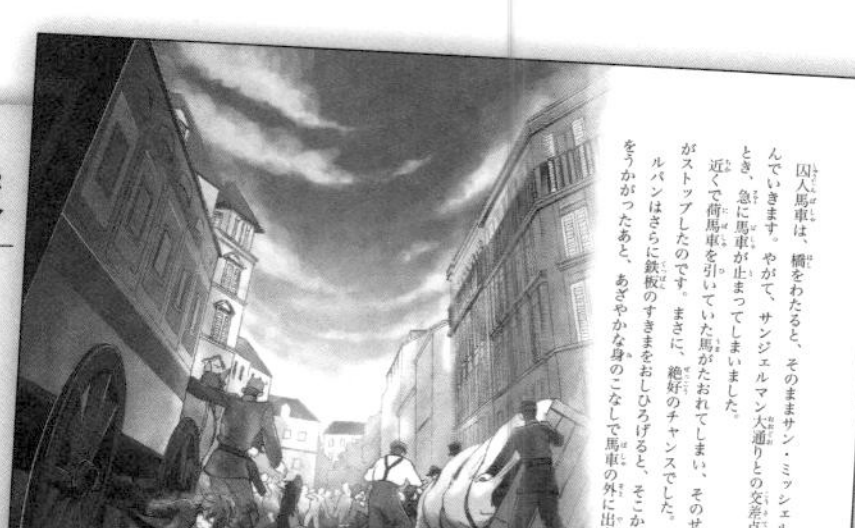
囚人馬車は、橋をわたると、そのままサン・ミッシェル通りを進んでいきます。やがて、サンジェルマン大通りとの交差点まで来たとき、急に馬車が止まってしまいました。

近くで荷馬車を引いていた馬がたおれてしまい、そのせいで交通がストップしたのです。まさに、絶好のチャンスでした。

ルパンはさらに鉄板のすきまをおしひろげると、そこからようすをうかがったあと、あざやかな身のこなしで馬車の外に出ました。

114

全《ぜん》2作品《さくひん》
+
物語《ものがたり》ナビ付《つ》き

お話《はなし》がよくわかる!
『物語《ものがたり》ナビ』が大人気《だいにんき》

カラーイラストで、登場人物《とうじょうじんぶつ》やお話《はなし》のことが、すらすら頭《あたま》に入《はい》ります。

ISBN978-4-05-204062-7

こっちもおもしろい！ ホームズのお話《はなし》

名探偵《めいたんてい》 シャーロック・ホームズ

世界一《せかいいち》の名探偵《めいたんてい》ホームズが、とびぬけた推理力《すいりりょく》で、だれも解決《かいけつ》できないおかしな事件《じけん》にいどむ！ くりだされるなぞ解《と》きと、犯人《はんにん》との対決《たいけつ》がスリル満点《まんてん》。

事件《じけん》ファイル File 01 まだらのひも

ホームズの部屋《へや》へ来《き》た女《おんな》の人《ひと》が話《はな》した、おそろしい出来事《できごと》。夜中《よなか》の口笛《くちぶえ》、決《けっ》して開《あ》かないまど、ふたごの姉《あね》が死《し》ぬ前《まえ》に口《くち》にした言葉《ことば》「まだらのひも」とは何《なに》か……!?

しばらくしてから、ホームズがたずねました。

「はい……。あまりおかしな死に方だというので、いろいろ調べてくださったのですが、姉の部屋は、まどもドアも内側からかぎがかかって、だれも出入りができませんでしたし、何より、なぜ死んだかが、わからなかったのです。」

「お姉さんは、ねまきを着ておられましたか。それとも起きているときの服でしたか？」

「ねまきを着ていました。手にはマッチのもえさしを持っておりました。」

「ふーむ。ということは、ねていたときに、何かに気づいて、それをたしかめようとしてマッチをつけたんでしょうね。」

ホームズがいいました。そのあとにつづけて、

「お姉さんは、たしかに『まだらのひも』とさけんだのですね。」

「はい、英語で『スペックルド・バンド』と、はっきりと。」

ヘレンがいったとき、ぼくはふと思いついたことがあって、口をはさみました。

30

ほか全《ぜん》3作品《さくひん》を収録《しゅうろく》。

このつぎなに読《よ》む？

10歳《さい》までに読《よ》みたい世界名作《せかいめいさく》 シリーズ

24巻 好評発売中！

定価：各 880 円＋税

赤毛のアン

トム・ソーヤの冒険

オズのまほうつかい

ガリバー旅行記

若草物語

名探偵シャーロック・ホームズ

小公女セーラ

シートン動物記「オオカミ王ロボ」

アルプスの少女ハイジ

西遊記

ふしぎの国のアリス

怪盗アルセーヌ・ルパン

ひみつの花園

宝島

あしながおじさん

アラビアンナイト シンドバッドの冒険

少女ポリアンナ

ロビンソン・クルーソー

フランダースの犬

岩くつ王

家なき子

三銃士

王子とこじき

海底二万マイル

編著　**二階堂黎人**（にかいどう　れいと）

1959年東京都生まれ。90年、第１回鮎川哲也賞で『吸血の家』が佳作入選。92年、『地獄の奇術師』（講談社）でデビュー。推理小説を中心にして、名探偵二階堂蘭子を主人公にした『人狼城の恐怖』四部作（講談社）、水乃サトルを主人公にした『智天使の不思議』（光文社）、ボクちゃんこと6歳の幼稚園児が探偵として活躍する『ドアの向こう側』（双葉社）など、著書多数。大学時代に手塚治虫ファンクラブの会長を務め、手塚治虫の評伝『僕らが愛した手塚治虫』シリーズ（小学館）も発表している。

絵　**清瀬のどか**（きよせ　のどか）

漫画家・イラストレーター。代表作に『鋼殻のレギオス MISSING MAIL』『FINAL FANTASY XI LANDS END』（ともにKADOKAWA）、『学研まんがNEW日本の歴史04-武士の世の中へ-』『10歳までに読みたい世界名作12巻 怪盗アルセーヌ・ルパン』『10歳までに読みたい名作ミステリー 怪盗アルセーヌ・ルパン』（ともに学研）など。

原作者

モーリス・ルブラン

1864年、フランスのルーアンに生まれた、推理、冒険小説家。
1905年に「怪盗ルパン」シリーズを出し、世界中の人々に読まれるベストセラーとなる。

10歳までに読みたい名作ミステリー

怪盗アルセーヌ・ルパン
813にかくされたなぞ

2017年 3月14日　第１刷発行
2018年 5月24日　第３刷発行

原作／モーリス・ルブラン
編著／二階堂黎人
絵／清瀬のどか
デザイン／佐藤友美・藤井絵梨佳（株式会社昭通）

発行人／川田夏子
編集人／小方桂子
企画編集／松山明代　石尾圭一郎
編集協力／勝家順子　入澤宣幸　上埜真紀子
ＤＴＰ／株式会社アド・クレール
発行所／株式会社学研プラス
〒141-8415 東京都品川区西五反田2-11-8
印刷所／株式会社廣済堂

この本に関する各種お問い合わせ先
●本の内容については　Tel 03-6431-1615（編集部直通）
●在庫については　Tel 03-6431-1197（販売部直通）
●不良品（落丁、乱丁）については　Tel 0570-000577
学研業務センター
〒354-0045　埼玉県入間郡三芳町上冨279-1
●上記以外のお問い合わせは
Tel 03-6431-1002（学研お客様センター）

【お客様の個人情報取り扱いについて】
アンケートはがきにご記入いただいてお預かりした個人情報に関するお問い合わせは、株式会社学研プラス　幼児・児童事業部（Tel 03-6431-1615）までお願いいたします。
当社の個人情報保護については、当社ホームページ
http://gakken-plus.co.jp/privacypolicy/ をご覧ください。

NDC900　170P　21cm

学研の書籍・雑誌についての新刊情報・詳細情報は、下記をご覧ください。
学研出版サイト　http://hon.gakken.jp/

VEGETABLE OIL INK
この本は環境負荷の少ない下記の方法で制作しました。
●製版フィルムを使用しないCTP方式で印刷しました。
●一部ベジタブルインキを使用しました。
●環境に配慮して作られた紙を使用しています。

物語《ものがたり》を読《よ》んで、
想像《そうぞう》のつばさを
大《おお》きく羽《は》ばたかせよう！
読書《どくしょ》の幅《はば》を
どんどん広《ひろ》げよう！

シリーズキャラクター
「名作《めいさく》くん」

暗号《あんごう》クイズ

ルパンからみんなに、
暗号《あんごう》の問題《もんだい》だよ

下《した》に入《はい》るのはフランス語《ご》で「どうもありがとう」
という意味《いみ》の言葉《ことば》なんだけど、それはなにかな？
空《あ》いている所《ところ》をうめて、
言葉《ことば》を完成《かんせい》させよう。

発売《はつばい》されているルパン-①、ルパン-②、
ルパン-③、ルパン-④にも、ヒントが
書いてあるよ。ちょうせんしたまえ。

？ ？ ？ ？ ク ー